上海有声色

有声书

畸笔叟 著

上海文化出版社

自序

我在自己的微信公众号上做上海话音频，起于 2016 年的 8 月。

网友建议我“口说上海”则更早，还记得最早是一些“80 后”甚至“90 后”的年轻人。我当然很乐意。不过，当时我还是每日更新的，再做音频，就会每天都过得紧绷绷。所以一直下不了决心。

2014 年 8 月 9 号，是我微信公众号开张的日子。两周年了，我想总要送一点什么惊喜给大家吧，便送出了第一段上海话音频。没想到反应比我预想的还要好，于是便一发而不可收了。我也说出了我的担心，大家很体贴地建议我不要再每日更新了，可以一周两更或三更。

这样，很快又是两年过去，我居然积累了三四百条音频。

去年书展时，我谈起了我想出上海话有声读物的打算。令人欣喜的是，出版社方面非常支持我的这个想法。于是，正式开始着手准备。

起个什么书名呢？开始想了六七个，似乎都不太理想。后来翻宋词，翻到辛弃疾有一句“夜雨共谁听”，突然就有了感觉。于是，就叫它《上海共谁听》吧。

临出书时，出版方又觉得“共谁听”虽颇雅，上海话读起来终究不顺。于是，再改成《上海有声色》。这改书名的过程，亦是双方对第一本沪语有声读物的精益求精，想来幸慰之至。

对用上海话做音频，我有自己的想法。播音腔、朗诵腔、广播腔、表演腔，我都不喜。我也不想分尖团。我就想按我自己平常说话那样。既不是现在市面上流行的上海话，也不是什么所谓的“老上海话”。只要大家听了有趣就好。

每篇文章的标题下面，都有一个二维码，扫一扫，即可听到原文的沪语音频。

而且并不一一对应文字。在我看来，口语和书面语本来就很不一样。

再次衷心感谢黄慧鸣的玉成，以及这些年来在网上不断鼓励我写上海说上海的朋友们。

2018 年 6 月

目录

上海风

梦回淮海路最后的街角

扫一扫，有声色

所谓“日有所思，夜有所梦”。

昨天下午去了一趟淮海路陕西路口，看到西北角上的沿街房子也终于被悉数拆光，晚上的梦里都是淮海路。

叫我如何不梦她！

襄阳路口全拆光，连九层的高塔公寓也不留，总还有襄阳公园在；

茂名路口全拆光，连转角的老大昌也不留，总还有国泰(Cathay) 大戏院在；

瑞金路口全拆光，连泰山文具店也不留，总还有爱司(Estrella) 公寓在；

重庆路口全拆光，连“淮国旧”也不留，总还有培文(Bearn) 公寓在；

但是，陕西路口，你什么也没留下。

这个十字路口，承载了多少老上海吃客们的梦想。

我小辰光住在淮海路常熟路那里，一有空就要去兜淮海路。所谓兜淮海路就是要往东走，因为常熟路那里虽然有永隆、金门、留苑、红玫瑰，还远不够热闹。

东湖路口的天鹅阁其实也不算数，孤零零一家。总要过了襄阳路，淮海路才开始热闹起来，各种食物的香味也飘过来。

最先闻到的是饺子香。高塔公寓旁边就有一家天津馆。

然后是蛋糕香，钱家塘外头就是上海食品厂；再过去是奶油香，转角上是大名鼎鼎的万兴食品店（后来的第二食品商店），老早要买一块一块的白脱（butter），必然要去万兴。

从万兴转弯朝南，贴隔壁就是广帮馆子美心酒家，直到1990年前，美心酒家一直是徐汇区首屈一指的好饭店。以前徐家汇一带根本没有什么像像样样拿得出手的饭店，要认真请客只好去美心。就从全市来讲，除忒南京路小新雅，广帮馆子里，美心也是好算算的。

记得1980年代中，我的一位插兄，老高中生，人称老克勒，因为无法直接返沪，只好辗转先去了河南洛阳拖拉机厂，那年混得个上海办事处的职位，总算回来。为了表示一下，就请我们几个吃一顿。家住虹桥路市民村，为了请客上档次，还是跑到美心来。

我那时好像已经混入媒界，便由我来点菜。一客蚝油牛肉只卖8角，四个人四冷四热再加一瓶酒，不到十只洋。

可惜现在变成了IAPM里的PRADA了。上海言话“啪啦嗒”，梦全掉地下，碎了。

出了美心穿马路，就可以闻到水果香。

说起东南角上的公泰果品店，名气也是响得很。尤其热天里卖西瓜，队排得老长，一人限购两只，如同现在买房子。想要不排队也可以，你要拿出医院证明来，要么屋里人高烧不退，要么干脆已经那个，都可以得到照顾。反正斜对过就是淮海医院，有本事你也叫医生去开一张，否则请排到后头去。

如果鼻头好一点，还可以闻到小笼馒头的香。东面不远处就是著名的霞飞坊（后称淮海坊），弄堂口就有小笼馒头卖，据贺友直老先生讲，这家的浇头面也不错，我没吃过。我只吃过他家的小笼。不过店名居然记不起来，倒也蛮难为情的。

现在变成人家巴黎的春天了。春天总比夏天冷。

从霞飞坊穿马路朝北，就是现在地铁口路演的那块空地，老早有一家湖北特色的点心店，叫做江夏点心店。上海有湖北特色的店向来很少，现在也不多，尤其开在大马路上。

据说此店开于1950年代初，原因是当年华东局（领导包括上海在内的六省一市党委的）有个书记叫魏文伯，是湖北人，为了让他一解乡愁，就开出来了。

所以老上海吃客们很早就晓得武汉豆皮，豆皮真的也很香。我的印象里，江夏还经常排队呢。

现在变百盛了。上海言话读起来，也可以是“不剩”。

终于要说到最近才拆光的西北角了。

饺子香、蛋糕香、奶油香、粤菜香、水果香、豆皮香，总也没有野味香。

原来这里朝东开过两家点心店，其中一家就叫“野味香”。

“野味香”并不卖野味，而是以馄饨著名，当然也有炒面有春卷。早上人山人海，晚上也人山人海。我曾经写过一篇《当年我们吃馆子》，讲怎么抢位子等位子，那些场景都来自“野味香”。

当年谈个恋爱，无非是请看一场电影再吃一顿夜点心。这附近就有三家电影院，西面东湖，南面上海，东面国泰，都只隔一条横马路。夜里第四场散出来，男男女女都要填肚皮。“野味香”

开得晏，生意最好。

当然年纪轻火气大，加上都有自己的女人在身边，打相打也是常常有的。

“有本事阿拉到隔壁弄堂里去弄过明白，侬来呀！”

隔壁是陕西路 222 弄，幺二贼角，四通八达，好打好逃，没有警察。

“野味香”隔壁还有一家宁波汤团店，生意也不错，甜的 4 分一只，咸的 5 分一只。来的侪是老顾客。

“两甜两咸！”“全咸！”外埠人听起来像接头暗号。

有的干脆：“老规矩。”啥个老规矩，跑堂肚皮里色色清爽。

四只起卖。小姑娘两个人拼一碗也就算了，男人家拼档就不作兴，要吃跑堂白眼的。

其实，这个十字路口，除了吃食店，还有许多名店。

比如美心隔壁的东方体育用品商店。一帮体育迷，没钞票买，趴在柜台上看看也好的，一趴就是半日，真要买的人，轧也轧不进去。

市体育馆，沪上唯一的回力球馆，多少男篮女排国际比赛在这里举行，一两角洋钿一张票，看得激动啊。1972 年王洪文在漕河泾造了只万体馆，这里就变成卢湾体育馆了，没劲。

公泰隔壁的六一儿童用品商店，也是名店。很多个子娇小的女子，廿多岁貌三十岁了，还去那里买大号或特大号童装穿。

还有“野味香”对过的利闻无线电行，与襄阳路 45 路站头旁的树德无线电行以及四马路湖北路的青少年无线电行，那都是当年装矿石机装半导体的无线电爱好者们的乐园。有一段时间，几乎每个礼拜天，我都跟着我大哥这么转悠，也是一趴半日，一讲半日，并不是真的要买只三极管二极管或者电阻电容回去。

如今，这一切，都只在梦中。

喂，你把最后一个街角也拆掉了，淮海路的灵魂将安身何处。

『淮国旧』里领市面

扫一扫，有声色

三四十年前，在上海西区长大的男孩子们为了炫耀自己的神通广大，常常用这样一个问题诘难身边的小伙伴：“侬晓得长乐路西起华山路，但是东面到哪里为止?”

很多小伙伴确实会不假思索地回答说，“重庆路”。

尽管正确答案是“淡水路”，我还是十分同情答错了的小伙伴们。

漫说现在造了高架，长乐路确实到重庆路就被掐断了，即便是以前，长乐路最东面的那段，就是重庆路到淡水路那段，也基本上更像一条弄堂。

两边上街沿堆满了各色旧家具和木器摆件，天天熙熙攘攘，骑脚踏车穿过必须不断打铃。

这种经久不断的庙会般的热闹只是因为有两扇大门开在这段长乐路上，它就是著名的“淮国旧”的后门。

“淮国旧”的正门当然开在淮海路上，它的全称就是“国营淮海旧货商店”。

旧货调剂，本来是城市人民生活的题中应有之义，你这里不需要了，他那里还需要，物尽所用，两全其美，何乐而不为。

因此上，上海滩一向有许多旧货店和旧货摊，举目皆是。我们家楼下原来就是小有名气的“金门旧货商店”，而对面华亭路几十年来一直是旧货摊，一直到1972年尼克松访华，怕有碍观瞻才被拆除，据说还是周恩来亲自下的命令。

旧货店和旧货摊与上海人生活一直密切相关，以至于“旧货摊”成了一句调侃人的上海俗语。

黄梅天弄堂里“晒霉”，邻舍隔壁经过，会开玩笑说：“今朝倷屋里摆旧货摊了嘛。”

寄宿学堂的舍监老太太检查男生寝室，必然会皱着眉头说：“倷自家看看叫，像啥样子，简直就像旧货摊。”

办公室里理理抽屉，也很可能被同事嘲笑：“又在摆旧货摊啦。”

当然，上海滩最有名的旧货店还得数“淮国旧”，黄浦区的“协群”名气显然搭不够。

说来也奇，“淮国旧”的人气足，不是因为到这里来卖旧货和淘旧货的人多。恰恰相反，正因为到这里来的大多数人，不是来卖旧货和淘旧货的，所以“淮国旧”才名震海上。

更多的上海人是到这里来“领市面”的。

因为大家都晓得，不“领市面”是要变“阿木林”或者“洋盘”的。

这个“领市面”的需求，到1970年代和1980年代，就显得尤为紧迫。

因为在民国“黄金十年”（1928—1937），上海是远东第一都市。在巴黎新上市的时装和香水，一个礼拜以后就会出现在淮海路上，当年的上海人即便“领”国际大“市面”也易如反掌。

进入1950年代，所有商品进口戛然而止，西风不再东渐，而且这一停就是三十年。

老早上海人根本没有什么“外销商品”和“外转内销”的概念，普通的就叫“进口货”，懂经一点的叫“来路货”，连“舶来品”也只是书面语。

再想要见识当年的“来路货”，只好到“淮国旧”去“领市面”了。

我们这一代人都是跟着“爷叔”们开始兜“淮国旧”乃至“孵”“淮国旧”的，不管那“爷叔”是“家”的还是“野”的。所以，上海人喊声“老爷叔”还是有敬意的。

口袋里当然没有半毛钱，手腕上也还戴不起国产半钢手表，但是人就一直趴在柜台上看“西洋镜”。

在“淮国旧”，我知道了瑞士手表要分几类几等。比如ENICAR（英纳格）只是四类表，一般开价180元；CIMA（西玛）是三类，一般开价225元；ROMA（罗马）是两类，要300朝外，而ROLEX（罗莱克斯），才是一类一等表，最高级的。

顺便说两句，“劳力士”是粤语音译，上海人向来叫“罗莱克斯”的。另外，当时的女人手上有只英纳格已经风头十足，寻男朋友也好挑挑拣拣了。

这边厢还在如痴如醉地欣赏着玻璃柜里的琳琅满目，那边厢来了客人，还得竖起耳朵听他和营业员的对话。

只见那营业员“爷叔”（也是“老爷叔”）接过手表，四个指头迅速穿过弹簧表带，用拇指轻轻一推，试试表带弹性，以评估使用年份；然后高高举起，对着灯光推拉摇移一番，口中还念念有词：

“唔，保养得不错，表面好的，没有划痕。”

“我几何当心啦。”那是客人的附和。

“哦哟，是三针嘛（有秒针的），迭只牌子三针蛮稀奇的。好的，八成新是有的。”

“八成好像不止的吧？我平常不大戴的呀，还是摆了大橱里的辰光多。”

“覅急，让我看看里厢。”说着坐到工作台前，轻轻打开后盖，“哦哟，后盖不是今朝第一次开嘛。”

他戴上那个“独眼”，凑了上去：“你这个是 19 钻，不是 21 钻噢，你自己看，这两点没有光头，不是钻。哎，要当面讲清爽，否则就讲不清爽了。”

“这个不会的，是 19 钻么总归是 19 钻。”

“侬只表修过的，是不是发条断忒过？侬看，发条颜色比其他地方亮。不是原配，价钱开不大上去的。”

这样的现场演示，每次去都能听到五六回，半年下来，自己也已是大半个老师傅了。

“淮国旧”的营业员“爷叔”都是人精中之人精，个个都有一两手绝活。

再看那收购皮货的。

有人拿来一条毛领头，放在柜台上。

只见他用两只手指轻轻捏住一端，用力提起，顺势一甩，然后“啪”的一声重新平放在柜台上。右手摊平，手掌向上，与皮领呈 30 度夹角，用小指外侧轻轻撸过去。带回来时，还弯下腰去，口中吹气，看皮毛是否挺括。这才开启金口：

“侬迭条确实是貂，吃价钿的。”

待在一边有看悬疑片的享受。

营业员“爷叔”不但功夫过硬，人也堂堂正气，因为他们的收入并不与业绩以及经手的商品挂钩。

旧货商店，老早又叫“寄卖商店”。以寄卖为主，卖断为辅。所谓卖断，即店家开价，货主同意后，立刻付现金，店家再另开一个价出售，中间差价悉归店家，俗称“两经销”。所谓寄卖，就是货主自行定价，店家毫不干涉，寄放在店堂里卖呗。而且，你不请益，他连建议也没有。

比如你一只英纳格手表硬要开价 250 元，那就寄着，数月无人问津，你自会找店家来调整价格，比如跌个 30 元，还是不动，还是你自己再来降价。只有当你说，你急着使钱，问店家怎么才能最快脱手，“老爷叔”才会告诉你，一般英纳格开价 180 元，你挂出 172 元，保证你明朝一开门就出送。

“淮国旧”既然是国营的，它的利润率是事先定死，几十年不变的。那就是买家卖家各抽 7%的头，少 1 分不行，多 1 分也不要。

计划经济年代，不光旧货店如此，其他商业亦然。比如，当年香烟的批零差价就是 9%，饭店的利润率最高，是 37%，也就是说，你出 1 块钱，在饭店里只吃得到价值 6 角 3 分的菜。

也正因为如此，“淮国旧”门口很早就出现了“黄牛”，1970 年代还比较低调，到 1980 年代就“明当明”地来了。

很多旧货交易，东西看中了，价钱也基本合适，但是当买家卖家把 7%的“抽头”算进去后，就会产生犹豫，觉得突然不合算了，于是，眼看要成的生意就黄了。

游荡在各柜台的“黄牛”早就看到了这一切，等到买家或卖家离开柜台往外走时，他就出现了，“樱桃”乱翻，口吐莲花，把两家分别拉到隔壁小弄堂里去撮合，卖家无需抽头，便可降价三五元，买家不被抽头，也愿意多出三五元，于是一手交钱一手交货，“黄牛”从中讨个三五元车马费，两家也不难接受。

但是没有发票。若是赃物，买家要全部吃进的。

当然也有买家卖家直接交易，就像现在甩开中介租房子一样。

一时间，黄牛越来越多，“淮国旧”门口那段上街沿也人满为患，礼拜天更是穿也穿不过去。不知内情的人还以为店堂间着火了，大家都逃到外面来了呢。

同时，“小弄堂里谈斤头”也成了一句新的上海俗语。

厂里有女工从深圳沙头角或者厦门石狮带回来几条牛仔裤，小姐妹淘里都一哄而上地想要。那“跑单帮”的自然有点慌：

“覅哇啦哇啦呀，下仔班么，先到隔壁小弄堂里去，谈好斤头，明朝帮倷带得来。”

“淮国旧”的前门成了交易所，“淮国旧”的后门也没闲着，成了“旧货论坛”。

如前所说，长乐路的上街沿摆满家具，下街沿则挤满了各色人等，大家都在交流各种“淘旧货”的心得，高手云集，免费培训，俨然 MBA 级别的中欧工商学院，就像后来在西藏路广东路“黄万国”门口的“股票论坛”一样，只是“淮国旧”的“旧货论坛”出现得更早。

上海人就是这样，可以买不起，不能看不懂。若要到时候不被人家“洋盘”捉进，只有自己利用业余时间自觉而又刻苦地去“领市面”。

所以，若干年后，我做沪上首档时尚资讯电视节目的制片人，请一位北京朋友做包装，他在千里之外用短信问：“你能用一句话说清楚你的节目宗旨，并成为节目的口号么？”

不到一分钟，我就回了过去：

“能。那就是：时尚，你可以有所不为，绝不可有所不知。”

钱家塘旧事

扫一扫，有声色

还记得上海的“襄阳路小商品市场”吗？

关闭八年后，原地块上崛起了一个什么“环贸广场”，开张也好几年了。

其实，“襄阳路市场”只存在了五六年。

却迅速以专卖假货而闻名沪渎，进而闻名海内，又进而闻名世界。

1999年底，它才从华亭路搬过来。这之前，名气响的是华亭路。

对“襄阳路市场”的消失，也许有人惋惜，有人怀念，不知怎的，我心里连半点惋惜也涌不上来。

让我至今还深深惋惜着的倒是，1999年“襄阳路”地块动迁时，生生地拆掉了很多很好的房子，带走许多我的记忆。

比如，襄阳公园对面的那幢九层楼的高塔公寓，建筑精良，设施上乘，比现在很多所谓豪宅都还要好，而且根本没到使用年限，被推倒了。

被同时推倒的，还有与高塔公寓一样精美的钱塘公寓。

还有那条新式石库门弄堂——淮海路967弄。在那里，我们曾不惜冒着红色恐怖，第一次听到了用留声机放出来的金嗓子周璇、王人美、龚秋霞的老歌，特别是那首《秋水伊人》，放了一遍又一遍。

被推倒的，还有当年淮海路沿街面的极具特色的诸多美食店家。

记得在江西插队的岁月里，我们静夜思乡心切，曾经不止一次地各自躲在帐子里做过“画饼充饥”的“接龙”游戏。

即从襄阳路起，一直往东，一家门面一家门面数过去，说出淮海路上每家美食的特色，看谁记得多。

那一带，当年有江夏的豆皮、天津馆的水饺、哈尔滨的蛋糕、上海食品厂的糖果、万兴的白脱油、美心的广东菜、天鹅阁的意大利菜，还有宁波汤团店，短短一两百米路，美食荟萃。

现在想一想，也依然会“馋吐水嗒嗒滴”。

被推倒的，还有那个北通淮海路、南通南昌路、西通襄阳路、东接小桃园弄的四通八达的迷宫般的旧式里弄——钱家塘。

前面说到的钱塘公寓就在钱家塘淮海路上的弄堂口。

弄堂口的皮鞋店、茶叶店和“汏衣裳作”，似乎还历历在目。

这么说，大家就熟悉了，沪上著名配音演员邱岳峰就是钱家塘人。

现在想想，这个钱家塘当年的风水很不错。

它北面是淮海路商业街，南面是南昌路小菜场，西面的对马路有个基督教的大礼拜堂，西北面还有上海唯一的圆顶的东正教教堂，东面小桃园弄里还有清真寺。

再朝东，陕西路上有“市体育馆”，上海最早也最有名的壁球（Squash）馆；

再朝西，淮海路的路南是浓荫蔽日的上海音乐学院大院，路北则是高墙深院的杜月笙杜公馆。

所有这些，都在一个半径不过 200 米的范围内。

近则近矣，弄堂内外却是两重天。

人家八十年前就是花园洋房钢窗打蜡地板几房几厅煤卫独用，而钱家塘里临到拆迁还有生煤炉倒马桶的苦主。

说穿了，钱家塘是一片被高档建筑包围着的简屋，一团被大富大贵逼迫着的贫寒，一种被矫揉造作笼罩着的自得其乐。

我的——姑且称为“钱家塘情结”吧，始于那十年。

现在想来，最主要的原因是，那时家里被弄得很乱，大人因为政治牵连早就自顾不暇，家务荒废，连烧水洗澡一类的事也不像以前那样有规律了。

幸而孩子们也大了些，于是，我们兄弟几个开始拿着一毛钱，走上半里路，到钱家塘里的淮海浴室去洗“大汤”。

一来二去的，总会认识几个所谓朋友。

那时，大家都不用上课，日子闲散得很。

白天，一起到上海音乐学院去看看大字报，或者打打牌、吹吹牛，要不就在马路上毫无目的地傻走傻奔。

夜色降临后，一些家里没遭什么突变的孩子被大人叫回去吃晚饭了。

而遭了突变的家庭，原先的生活节奏都被打乱了，没人烧晚饭孩子先饿着是常事。

于是，不想就回家的几个孩子从口袋里凑出几分钱来，到小店里去买散装香烟，比如 7 分钱可以买五根“飞马牌”的。

店主也清楚，大家的日子都不好过，买得起整包烟的人是越来越少，也就乐得拆零了卖。

而几个小赤佬便找个路灯照不到的角落去抽烟，抽光就散伙走人。

抽的时候，最怕碰到正经人家出身的女同学，一旦被认出，被告状倒还是其次，先要被骂一声“流氓腔”。

如果你正好暗中喜欢着她那带羞的脸庞和早熟的身材，那你心里就会更难受，难受到想要打人。

后来，我又认识了两位可爱的姑娘C君和H君，她们都在张家弄里上班，而张家弄跟钱家塘只有一路之隔，也是个四通八达的旧式里弄。

这样，在那附近“混”的时间就更多了。

当年，每个弄堂都像江湖中的一个山头，要有个老大，当时叫“一只鼎”；还要有一手在江湖中有名气的绝活。

钱家塘的“一只鼎”是“小霸王”，真名已不传。

而钱家塘的绝活竟然是做“铳手”，即“扒儿手”，专偷别人的皮夹子。

“小霸王”无疑就是个中高手了，一帮吃饱饭没事干的青少年就像“粉丝”一样的天天在他周围。

钱家塘人“铳皮夹子”的手艺高强，据说跟现在的MBA一样，也是经过“培训”的。

“铳手”怎么培训？

一开始，其实我也不信。

记得有一天上午，10点刚敲过吧，我又去钱家塘“混”。

10点敲过，是弄堂人家生煤球炉准备做午饭的时候，点燃了引火柴以后，搁上煤球，然后，家家都把煤球炉放在弄堂中央，炉门对着风向，让它自燃，主妇们则抓紧时间先回到厨房里拣菜洗菜去了。

几十缕青烟袅绕，煞是好看。

而那一天，我一踏进弄堂，看到的却是狼藉满地。

所有煤球炉里刚刚烧红的煤球都被扔在了炉膛外的地上，有的连没燃尽的引火柴也被扔了出来！

闻声而冲出后门的主妇们是一片骂声：

“啥人家嘅小赤佬啊？介缺德，侬要死啊？”

“重新再生炉子，中饭还来得及嘅啦？上中班也要迟到了。”

“侬啥嘅开心？损人不利己嘛，迭能弄弄，侬身上会长肉嘅啊？”

后来，我听我的钱家塘朋友说，这就是他们的“杰作”，也是他们的“培训”课。

大家每人对着一个煤球炉，只用双手的食指和中指，以最快的速度把烧红的煤球夹出来！

由于这次毕竟犯了众怒，也多少犯了“吃窝边草”的江湖条规，于是，他们决定转战其他远一点的旧式里弄。

再后来，他们觉得这种“培训”容易被“刮讪”（败露），风险实在太大了，便及时收手，改“室外培训”为“室内培训”了。

所谓“室内培训”就文静得多了。

打一盆哒哒滚的开水，将快用尽的又薄又小的肥皂头扔在里面，然后也是用食指和中指把它们一个个夹出来！

试想，那夹过炉子里的红煤球和沸水里的肥皂头的食指和中指，一旦触到你的皮夹子的一个角，岂有不被叼走的道理。

更有甚者，他们中间的高手简直是“职业铳手”。

据高手他们自己讲，他们渐渐地是有了“瘾（读作 ni）头”的，三天不“铳”手痒。

有时去“铳”，竟不是为了钱，而是要杀杀自己涌上心头就无法再克制下去的“瘾头”。

最让他们津津乐道的是一次“现场 PK”。

一个星期日的下午，“小霸王”他们几个打牌赌钱居然也犯困，提不起精神来。

原来，他们的手又犯痒了，纷纷提出，先到淮海路上去“铳”它一把再说。

由于这样的情况经常有，所以有人提出，一样杀瘾，今天就想点新花样吧。

很快就有人提出一个很有创意的“策划方案”：两个人单独PK，一人一边。

也就是从陕西路到茂名路，你在淮海路北面的“上街沿”，我就在淮海路南面的“上街沿”，最后，看谁“铳”到的皮夹子多，谁就胜出。

“小霸王”想了想，从陕西路到茂名路，路南商店林立，人流量大，容易“铳”得到；而路北大多是围墙，因为里面一个是部队大院，一个是文化俱乐部（毛泽东来沪常住的地方，现为花园饭店），没什么人走，不容易“铳”得到。于是就说：

“我饶侬对马路。”

饶就是让的意思。

下围棋，让三先，沪语叫“饶侬三步”；

下象棋，让车马炮，叫“饶侬车马炮”；

打牌，叫“饶侬大小怪”；

打乒乓球，叫“饶侬左手”；

打相打，叫“饶侬一只手一只脚”；

赛跑，叫“饶侬三条横马路”。

而且说起这些来，口气甚大。

“小霸王”自恃手艺高强，且不想占别人的便宜，就自己先提出，挑人流量小的北边“上街沿”走。

条件说定就上路。

一刻钟后，PK 结束，一个八只，一个十只，胜负立判——当然是“小霸王”赢。

倒霉的是那天的无辜路人。

后来我去了江西插队。

每年回来，放下行李后，第一件事就是到钱家塘里的淮海浴室去“泡澡”。

虽然务农赚不来钱，但这样的“泡澡”，毕竟一年才一两次（过年前再去一次），我再也不去楼下洗那一毛钱的“大汤”，总是花两毛钱要楼上雅座。

有个躺椅，泡完可以隑一隑，抽个烟，喝口茶什么的。

如果正好有伴，那“嘎讪胡”起码要“嘎”上半天，所谓“孵混堂”是也。

但钱家塘里的朋友早已天各一方，渐渐不大见面了。

我和钱家塘最后一次的打交道，想来也有点戏剧色彩。

那是 80 年代初吧。

我的一位好友的妹妹与一个住在钱家塘的男子恋上了，而且很快就“那个”了。

偏偏他父亲要棒打鸳鸯，嫌那个男子年龄偏大，又插过队，家境很一般，死活不同意。

那男子很是勇敢，曾亲自送上门来，找女孩的父亲当场评理，把个老头子气得浑身发抖。

此后，每天价，父亲在外屋吼，女儿在里屋哭，做姐姐的也是心烦意乱。

听说我对钱家塘很熟，她就托我从旁打听一下这个男子的情况。

我很快就坐在了那个男子的对面。

因为有朋友居中介绍，他也不好当面发火，但说话很是干脆，“一豁两响”。

“你别趟这浑水。你我都是插兄，我也就不多解释了。我只告诉你一点，她妹妹是爱我的。”

“我不会做说客，我只是替他姐姐收集情报而已，来之前已经说明过的，我会恪守诺言”，我回答。

也许都是天涯沦落人的缘故，后来我们竟然聊得很投机，从唐诗宋词到欧美小说，从古典音乐到苏联歌曲，都有着不少的共同语言。

临走时，他说：

“转告她姐姐，要我撒手也行，答应我一个条件。”

“什么?”

“叫她妹妹本人再来一趟，我俩最后再共赴一次巫山，我保证撒手。”

看不出，他还挺浪漫的。

他们后来究竟有没有享到最后的鱼水之欢，我不得而知。

反正我是一字不漏地传达到了。

一年后，传来消息，那男子酒后病发，送到钱家塘对马路的淮海医院抢救，几天后真的撒手人寰了。还不到35岁吧。

临终前，据说，他只想见那女孩一面。

那位姐姐告诉我，她妹妹去了，回来眼睛都是肿的，还不敢给父亲瞧见。

看不出，他还有真性情。

此后，我再也没去过钱家塘，直至它被夷为平地。

外滩情人墙钩沉

扫一扫，有声色

一

八年前，上海办世博会，为此，将外滩的堤坝又重修了一番。

于是，央视又懵懵懂懂地来凑热闹，派记者在外滩现场报道“情人墙”，大谈其浪漫。

什么浪漫，说凄美还差不多。

唉，情人墙啊情人墙，里面有太多上海人的无奈。

谈外滩这段墙，我应该还是很有点资格的吧。

因为这个传说起于 1970 年代后期，止于 1980 年代中期，前后加起来最多只有七八年的光景。

而这段时间，正好是“50 后”（亦即如今“80 后”的父母辈）谈情说爱的年龄呢。

而那一代人谈恋爱，一次也没在外滩“荡马路”过的人几乎没有。

为什么没有更早开始？

曰，“文革”还没结束。

虽然“文革”期间没有明令禁止谈恋爱，但“花前月下”无论如何不够革命，绝对是要挨批评的“资产阶级情调”。

更要命的是，“文革”中上海的“工人纠察队”很敬业很敬业，晚上巡逻从来不打瞌睡。

而且眼睛专门朝“幺二角落”里“瞄法瞄法”，看到恋爱中男女有“不轨”行为，是绝对要出声加以阻止的。

说到“不轨”，有必要来介绍一些当年的“切口”（即黑话）。

谈恋爱除了叫做“荡马路”外，还叫做“数电线木头”。

没事在马路上闲逛嘛，不就是一根电线杆一根电线杆这么数过去的嘛，极言其无聊。

确立关系，准备谈婚论嫁了，就互称“敲定”，现在是直接就喊老公老婆了。

闺蜜间经常这么说笑：

“叫倷‘敲定’一道来呀，啥关系啦，敲也敲定了，还怕伊逃脱啊。”

婚前上过床了，叫做“敲图章”。例：“图章也敲过了，搿记总归保险了。”

结婚证书叫“支票”。例：“阿拉向来作兴先拉现钞，后开支票嗰。”

“现钞”么，当然就是那个了。

后来发展成“三六九，拉现钞”，又叫“豁上”，意即“花开堪折直须折”。

看这“三六九”的意思，频率还不低咧，三日两头嘛。

但是，一开始谈的时候，大家都还比较“规矩”，有肢体接触也备加小心，就别说拥抱甚至“打开水”（“打”即接，“开水”即

kiss 的谐音）了。

男孩如将手掌搭在女孩的肩上，叫做“小搭”；

如将肘内侧绕住女孩的脖子，叫做“大搭”；

如将手挽住女孩腰，就叫做“炒腰花”了。

男女两人都用一只手搭住对方的腰，另一只手再绕到背后相握（这个有点难度咯），则叫做“搅花福禄”（cross fluke）。

从“小搭”而“大搭”而“炒腰花”，即男孩试探性地得寸进尺之全过程了。

拥抱和“打开水”是绝对不肯在灯亮人多处做的。

当年的男孩之间经常这样说笑：

“侬辣手嘛，第一趟碰头就炒腰花啦。”

好，言归正传。

那工纠队员可以放任你“小搭”，也可以部分放任你“大搭”，但绝不允许你“炒腰花”！

“炒腰花”即“不轨”，好像会得“炒”怀孕了似的。

“搅花福禄”则是大大的“不轨”，至于拥抱乃至“打开水”，直接就是“耍流氓”了。

如你正趴在外滩那段墙上看黄浦江，一边很投入地窃窃私语，一边一只手情不自禁地“炒腰花”，那绝对用不了几分钟，你就会听到一个低沉的男次中音：

“喂喂喂，侬一只手勒做啥？自家注意点晓得哦。”

公园里、绿化带里亦然。无分白天黑夜。

这就要算人家是在文明执法了。

还有更下作的。

他从背后走近你们，也不言语，就在离你一尺的地方停下，眼睛看着你们的后脑勺。

这个竟还被叫做“看侬自觉”！

你在情话绵绵中突然感到脖子后面有热气，猛回头，一只陌生面孔，岂不要三魂吓掉二魂，六魄只剩四魄。

然后，他就这么大大咧咧地走开。

你若争辩，他是能以流氓罪将你拉到附近派出所里去的。

所以，那年头，外滩的恋人并不多，停下来趴墙的更少，盖因“背朝工纠队，弄弄就倒霉”。

“文革”一结束，工纠队就解散了。另外，社会上思想也解放了许多。

小搭大搭也很快变得随便搭搭了，炒腰花也不稀奇了，大家随便炒炒，赛过炒股票。

为什么没有延续得更长?

首先是这段防汛墙不够高也不够坚固，达不到“千年一遇”的防御水平，如果不是当年资金筹措太难，早就改建了。

世博会前被拆掉的那段墙是拖到1989年才开始改建的。

但事实上，1984年以后，虽然还有人来此谈恋爱，已经不是盛况空前了。

原因很简单，那几年，大街小巷里突然冒出了许许多多舞厅、咖啡馆和音乐茶室，并迅速成为恋人们的新去处。

费用也不贵，舞厅茶室里，一杯茶3元2元的，咖啡么也最多5块洋钿。

“马兰花，马兰花，风吹雨打都不怕”，多好。

于是，“荡马路”很快就式微了，不再是谈恋爱的主要方式了。

二

现在我就来说说外滩情人墙当年的空前盛况。

当年，最北面的黄浦公园还是封闭的，要收门票，尽管一张门票只有 3 分钱还是 5 分钱。

而南面的陆延线轮渡（陆家嘴—延安东路）也还是一条极为繁忙的交通线。

因此，所谓情人墙只从北京东路外滩到延安东路外滩，全长大约 1200 米不到一点。

就是这么一段粗糙不堪的水泥防汛墙，曾经同时趴过将近 800 对情侣。

计算如下：

每对情侣所占空间可以以下公式求得：

$$X = (\text{男臀围} + \text{女臀围}) \div 2$$

以平均值（男臀围三尺二、女臀围二尺八）代入上式，得：

$$X = (1.07\text{ 米} + 0.93\text{ 米}) \div 2 = 1\text{ 米}$$

而两对情侣之间的间隔一般不会超过一个半人身，否则就会出现“夹塞”。

如果平均算 0.5 米的话，那么全长 1200 米的情人墙最多只能容纳 800 对情侣。

好了，告诉你，情人墙是什么意思。

情人墙，不是趴情人的墙，而是由情人组成的墙！

是“用我们的血肉，组成我们新的长城”！

下面一句，大家都知道是什么，恕我忽略不记。

何浪漫之有啊！

情人墙不是世博会，是没有预约的。

所以必须早到。

但到得太早也会很傻，天还没黑，光秃秃这么一对，很突兀地趴在那里，既显得急吼吼，又无法进入状态，只觉得有一千双眼睛在看着，如芒在背。

这叫“朋友不懂经嘛”。

于是，就出现了这样一种现象：

黄昏时分，江堤上恋人越集越多，大家都挨着防汛墙走，却不停下来。

一俟天色暗到某种程度，大家就会不约而同地靠上去，趴定——那情形有点像那个抢凳子的游戏。

大概也就是五六分钟的光景，1200 米防汛墙就能迅速趴满，没趴成的明晚请早。

也可以等，但很吃力，一般是不会有人让的。

偶尔也会有，突然肚皮痛，或者吵相骂了，或者衣服穿少了，江风一刮吃不消了。

但只要有人退出，五秒钟内绝对有人就顶上，就五秒钟。

盖因“情人墙”背后还有强大的“情人流”！

至少要到 9 点以后，才不那么紧张。

何必隐瞒，老叟当年确也去过多次。

曾做过首发，也做过替补，更做过强大的情人流中的一朵小浪花。

告诉你，距离真的不是什么问题。

尽管左右两边半米开外就是谈话声，但自己正在情热之中，哪里顾得上“听壁脚”。

除非自己弄僵了，冷战了，这时候，别人的甜言蜜语才会灌入耳际。

那时候，虽然没有了工纠队员，但却又出现了一些猥琐男。

他们的年龄大致在 40 岁上下吧，也有更老的，估计老光棍居多。

只要两对情侣之间的间隔稍大，他就会独自插进来，装着抽烟看江景，其实竖起耳朵在猛听呢。

有时候还拿眼睛左面右面瞄法瞄法呢。

一般你不好意思开口赶他走，朝他翻白眼他是一律看不见的。

那样的晚上，要么离开，要么心里会很污糟。

其实，这样的景象当年岂止外滩一处，所有的公园和公共绿化带都如此。

稍长的木靠椅都是两头坐两对，水泥长凳有坐三对的，还有坐四对的。

来得早了，能抢到“头头子”上的位置，来迟了，只好两面荡空。

但老是“荡马路”，“数电线木头”，脚也要吃得消的呀，总归要寻个地方坐坐的呀。

若问，真的就没有别的地方可去了吗？

曰：是的，真的没有了。

当年唯一的娱乐场所是电影院，全上海所有电影院一个月就放这么四五部电影，其中新电影最多一部，翻译片也最多一部。

再说，看电影在当年还是件挺奢侈的事情呢。

夜场电影票要 2 角或 2 角 5 一张，还不一定弄得到。

看完电影出来，总归要吃点夜点心吧，一碗酒酿圆子或者小馄饨也要 8 分或 1 角，开心起来再来一客春卷 1 角 2，开销就上去了。

送女朋友回去还要电车票，这样加加弄弄，要块把钱呢。

那时的月工资是一律 36 元，在厂里食堂搭伙要 12 元，吃三顿。中饭照牌头，有时来不及了总要吃吃早饭什么的，晚上还要带些馒头花卷回去。

为了结婚的开销，至少一个月要存出 15 元吧，有的朋友更辣手，存 20 元伊讲。

女孩子一般都存 20 元，她们胃口小，其他也省。

男生本来剩下的零花钱就这么几块洋钿，断命还要吃香烟咪。

所以，一个月最多看两次电影了。

但谈恋爱谈得闹猛的时候，一个礼拜碰头四次不算多的呀。

不看电影怎么办？只有“荡马路”了。

家里为什么不能去呢？

这就说到了外滩情人墙成因里的最痛处了。

那时候的上海人家，夜里来个客人，坐都无处坐啊。

何浪漫之有啊。

三

从外滩情人墙终于谈到了当年上海人住房条件的局促。

“好了伤疤忘了痛”，人就是这样的动物，所以现在基本无人提起，大家要面子嘛。

于是，后来的人们、外来的人们就再也无法知道当年的情形了。

那老叟我就来揭它一揭。

说当年上海人家晚上来个客人都没处坐，绝非夸张之语。

这么说吧，直到 1980 年，上海官方的住房困难户的标准还是人均 2 平方米以下。

人均 2 平方米以下，是个什么概念？

即，如果一家五口住一个 10 平方米的亭子间，是不够条件提出改善之申请的。

我们可以来计算一下：

五口人，至少要支两张床（约4平方米）吧。

再加上一个吃饭的方桌（约1平方米），一个五斗柜（约1平方米），两把椅子（约1平方米）——就这几件，至少已经占地7平方米了。

所以，大衣柜、沙发等即便买得起，也无处放啊。

更有甚者，剩下的3平方米，如果同时站五个人是什么感觉？

还记得，有一次我从江西回来省亲时，帮一个要好的同学带了一点笋干板栗芝麻什么的，吃过晚饭给他送过去。

他们家特别客气，一见我来，全体起立以示欢迎，我只觉得屋子里黑压压的全是人。

说实话，上海市当局在住宅建设上曾经存在着很大的误判。

这种误判也只有上海才会有。

而那种“先生产、后生活”的所谓“大庆精神”和“生活上向差的同志看齐”的雷锋精神是全国一致的。

但影响并导致上海住宅建设起步晚、步子小的一个重要原因是，上海一直没觉得缺住房。

1949年，当局一下子没收了这么多的“敌产”，上千座别墅、花园洋房和高级公寓楼啊！

蒋宋孔陈四大家族和其他国民党高官，以及英法帝国主义者如沙逊、哈同之流，都“夹着尾巴逃跑了”，留下多少不动产。

当年的南京、杭州、武汉、西安、广州也会有一些，但数量上绝对没法跟上海比。

在我的印象里，直到“文革”之前，这些“敌产”里还有相当数量的空置房没分配完。

后来，为了解决就业问题，就曾经在那么好的大楼里开设过几百家街办小企业，就是明证。

“文革”又是一波“扫地出门”，几乎所有的资本家都被从原来宽敞的住房里驱出，塞进狭小的亭子间。

上海的资本家数量又是在全国首屈一指的。

这些空出来的别墅和花园洋房除了做红卫兵和造反派的司令部之外，其他就这么闲置着。

单单这两条，很容易使人产生误判：上海，不缺房啊。

事实上，上海当时的住宅建设速度确实很慢。

1950 年代末，造过一种“两万户”，即坡顶砖混结构的三层老公房。

之所以被称为“两万户”，即这种房子第一批只有两万户，只有市、区两级劳动模范才有资格入住。

后来逐渐成了这种公房样式的代名词了。

现在杨浦区还有一些“两万户”。

到“文革”前，除了继续造了一些这种“两万户”，几乎没有成规模的住宅建设。

1970 年代开始造平顶混水墙的四层及五层的老公房，规模还是不够大，每年好像不超过 100 万平方米吧。

而那种遍布全市的最常见的六层新公房，基本上都是 1980 年代的产物了。

直到 1980 年代中期，当局才感到了问题的严重性，终于加快了住宅建设步伐。

我有幸一当上记者就负责联系建筑系统，所以我可以披露一些数字。

1985 年到上世纪末，上海连续 15 年每年建房 400 到 500 万平方米，才把上海人均居住面积从 4 平方米提高到 10 平方米，依然在全国排名靠后。

上海当年有 120 万只马桶、100 万只煤炉待消灭。

上海有 9000 处石库门老式里弄（现在全拆没了），里面不知有多少“七十二家房客”。

但石库门还算不错的房子呢，上海还有更差的危房简屋（俗称“棚户区”），超过 1000 万平方米。

再说两个鲜为人知的故事。

第一个是，1970 年代初，上海曾发生过“抢房子”风潮。

简言之，就是一些住在棚户区的困难户突然拿着不多的行李，撬开空关的资本家的花园洋房，就这么生生地住了进去！

具体户数已不考。但估计不上四位数，是很难被称为“风潮”的吧。

后来怎么样？当然要“处理”。

但当局发现那些人家确实很困难，而且都是“根正苗红”的工人阶级，于是，大部分都被默认。

只好做些调整：不愿搬回去的，收回原住房；抢了面积太大的就再调小；个别不困难的则被赶回去并作检查，“向人民低头认罪”云云。

上海人真是典型的“经济动物”。

“文化大革命”这么“政治”，他们想的依然还是如何改善自己的经济条件。

与“抢房子”几乎同时发生的，还有全国闻名的所谓“经济主义妖风”，直弄到毛泽东亲自批示才刹住。

所谓“妖风”，就是造反派逼着走资派签署文件，大家加一级工资，临时工一律转正等等。后来也被默认。

被否决的“不合理要求”有：支内支边职工一律回沪“参加文化大革命”，“劳动大姐”（即保姆）也要转正吃劳保，还有复员军人重新分配工作什么的。

也是。你批斗走资派，让他承认自己反对毛主席反党反社会主义有屁用，不如来点实在的。

第二个是，有一年上海刮台风，我被派到卢湾区五里桥街道（第九人民医院附近）采访。

五里桥是上海的著名棚户区，一下暴雨就涨水。我被要求去了解街道办事处是怎么做好预案安置居民的。

久病成良医。街道里早就熟门熟路了。

一听到台风警报，就先撤空附近的小学校（学校的地基一般比较高，不易进水），准备些草席蚊香蒲扇（好在是夏天），派人值好班就可以了。

一旦涨水，就挨家挨户通知大家去学校临时过渡。

幸好那次雨量并不大，于是我有机会跟街道的人聊天。

他们告诉了我很多，总而言之，这棚户区实在没法住下去了。

低矮的木头屋檐下走电线，一下暴雨，就蓝光闪闪，啪啪作响，实在吓人。

这一点，那天雨最大的时候，我在他们带领下去实地看过，完全属实。

还有。

家家户户的床头柜脚下都起码垫上两块到三块一寸厚的踱砖。尽管如此，床脚柜脚还都是烂掉半边的。

最让人哭笑不得的是，他们告诉我，这里如果着火，是没有人自救也没有人打119的。

很多人家都事先准备好一个小包，里面放着户口本、工作证（那时还没有身份证）、存折等要紧家什，以及很少的金银细软，只要一听到着火了，就夹着这小包冲出来。

然后站在马路当中看自己的房子被烧，嘴里还要喊呢：

“烧吧，烧吧，烧得光光的，看政府给不给我们分配新公房！”

市民们盼房心切，竟一至于此，听了不禁悲从中来。

相比之下，所谓的蜗居、蚁居都不值一提了。

我回来以后，连内参都不敢写。

我怕写了以后，不但那里的住房条件依然得不到改善，还可能会有人受到调查盘问训诫并长期穿小鞋。

这样的人家，孩子大了，谈恋爱了，还能到哪里去？

只有到外滩去用血肉筑成一道浪漫的情人墙了。

四

外滩原来是没有什么墙的。

船靠岸后，搭块跳板，人就这么走上来了，货物也就这么挑上来或扛上来，与其他河岸江岸无异。

直到1950年代初，外滩依然如此，只是多了些半米高的小铁柱子和链条，像杭州的西湖边上，也像广州的珠江边上。

上海是个多雨的江南城市，年降水量超过1000毫米，年降水日130多天。

再加上台风频袭，长江和东海的水倒灌，黄浦江发大水便是常事。

看到过一个黄浦区老人的回忆，他亲眼看见过“食品一店门口水深1米”！

食品一店，那是在贵州路啊，离外滩少说也有2公里吧。

我虽然没有亲眼见过那么深的大水，但儿时的一段记忆至今印象深刻。

那天，父亲下班一进门就告诉母亲说，“中祥哥”去过他单位了，是“坐在脚盆里像划船一样划过去的”，还说一样出来了，回去时顺便到小店去拷点酱油。

那些年里，我父亲还在外滩 27 号上班，靠近北京路。而“中祥哥”则是我的姨爹，他们一家住在北京路江西路。

我姨爹怕我妈担心她姐姐，所以就跑到我父亲那里去报个平安。

那年头没有私人电话。

我当时听了，当然首先是觉得巨好玩。

多年后再想想，这么浅的脚盆，能承载一百多斤，那水得有多深啊。

再说了，能在水里蹚着走，我姨爹又费那个劲去划脚盆干吗。

还有，江西路都这么深，外滩又该有多深呢。

更要紧的是，外滩没有防汛墙，难道上海是不防汛的么？

当然不是。

老上海人都还记得，当走在外滩万国建筑博览群旁时，会发现每幢大楼的大门内侧都砌有 E 字形的水泥壁，宽 50 公分，高 60 到 80 公分，而大门背后往往都看得到有好几块与大门同宽的长木板，厚达 30 公分。

这就是上海外滩的防汛墙，与情人毫无干系的临时防汛墙。

大水来了，大楼里的人就将木板插入两个相对的 E 字形的水泥壁的凹槽里。里外两排木板中间填上装满泥土的草包，夯实了来挡水。

万一大水高过临时工事，则直接将草包沙袋码于其上。

上班的人就从这临时工事上爬进爬出。我父亲是“老爬手”了。

雨停水退了再把工事拆掉——每年夏天沿江单位都为此而忙得不亦乐乎。

这样的情景一直延续到 1980 年代初，那时候，虽然已经有了防汛墙，但条条阴沟都通黄浦江啊，还是会形成一定的“内涝”。

据说，黄浦江大水频发的另一个原因是上海的地面沉降，这在1960年代可是一个天天讲月月讲年年讲的话题。

上海的海拔，我们读小学的时候，老师说是5米。这也是报纸上的统一口径。

才5米，这每年沉降个几厘米，累加起来也是很吓人的啊。

现在的资料上都说，上海的平均海拔只有4米。

比马尔代夫好不到哪里去。

从那时起，大概是1963年吧，上海开始严格控制地下水开采，采取工业用水回灌的方法，规定采多少必须回灌多少的责任制，才算于1970年代初基本控制住了地面沉降。

1980年代后期，上海滩曾经爆出过一条新闻，说哪里探出了一口高质量的地下水井，其水质经检验，比矿泉水还纯，可以直接装瓶卖。

那是个“十亿人民九亿商”的年代，一时间多少人觊觎此井。

很快，这个井理所当然地被城市管理者封掉了。

这可是关乎大上海存亡的大事啊。

言归正传。

上海第一次修外滩防汛墙是在1959年，砖土结构的，高度也只有4.8米。

我们这一代人都应该有这样的印象，小时候走南京路去外滩，到和平饭店门口就可以看到黄浦江面了。

当年的地形还是自然地形，从中央商场那里开始就是一个缓缓的下坡，肉眼也能分辨得出来，所以看得到江面。

还记得，我们每次看到江面的那一刻，总要禁不住欢呼起来。

一则当然是庆祝自己终于长途跋涉走到了外滩，另一则是一种看到水的由衷的激动。

而且，是男孩子一定会爬到那只有七八十厘米宽的江堤上去，平展双手走上一二十米，以示勇敢。

那时候，黄浦江里还可以游泳，喝几口水还不要紧。

加上有毛泽东的“到大江大海去游泳”的号召，上海每年都要组织万人横渡黄浦江的活动。

舍妹也参加过一次，回来自豪地告诉全家，她游过去了，中途没有上过救生艇，连船帮都不带拉一次的。

现在听来像壮举，那时就是个稀松平常事。

随着地面沉降与大水频发的双面夹攻，上海在1963年再次修外滩防汛墙。

这一次是钢筋混凝土的了，呈L形，而且加高到5.2米。

我们只能远远地看到一线黄浦江水了。

1974年，外滩防汛墙再次加固，并加高到了5.8米——这才是情人墙的原型。

那段墙，实在造得不咋的。刮浆表面很粗糙，能清晰地看到暗红暗黄的沙砾，夏天穿短袖，手臂压上去的感觉很扎人——幸好那时的女孩不讲究。

而且，只有从那时起，走到江边才需要上台阶。

大概是三四级吧，但那墙只是齐腰高。很适合人趴在那里看江景。

另一个微小变化就是，枯水季节，我们在稍远处再也看不到黄浦江面了。

只有夏天涨大潮的时候，我们才能看到汹涌的江水。

欢呼变成了惊讶：哇！今朝潮水瞎大八大！

好了，不再展开了，就此小结一下吧。

外滩有情人墙的时候，外滩已经不那么原始了。

那墙是粗糙无华的。

至于江景，对面浦东除了棚户就是荒滩，晚上没有灯火，死一般寂静，也没什么可看的。

到1980年代，老在情人们眼前晃的唯一亮点是对岸“SANYO”的霓虹灯广告牌。

单调之极，何浪漫之有。

而浦西江边则停满了各式各样的趸船，目光所及，一片凌乱不堪。

有轮渡的、有海事的、有航道的、有港务的、有长江航运的、有内河航运的、有客运的，还有环卫的——

新开河那里的粪码头一直用到1990年代初才寿终正寝，以前去那里乘55路是要捏牢鼻头的。

哦，对了，还有一条，1970年代和1980年代，是苏州河与黄浦江水质最不好的时段。

苏州河的黑臭日最多达到每年150天，黄浦江也有几十天，且多发于夏天。

趴在那里挨熏啊，何浪漫之有。

但当年外滩的情人还是很可爱的。

正是拨乱反正、百废待兴，一切向好的年代。

人们终于又有了梦想，精神无疑是向上的。

更何况，有百多年现代城市发展的底蕴，有20世纪以来的深厚文化积淀，上海情人们的心中充满着那种独有的欧化加海派的浪漫情怀。

情人且又正好在热恋中。

莎士比亚不是说嘛，“爱情是最伟大的教师”。

她可以教会你一切——真的、善的、美的——当然，包括浪漫。

『牛奶棚』与『掼奶油』

扫一扫，有声色

有个电视节目要搜寻上海往事，于是提起了“牛奶棚”。

“牛奶棚”在哪里？有人说在江宁路，找我求证。

我说不对吧，江宁路上的是上海乳品一厂，“牛奶棚”应该是指淮海中路上的上海乳品二厂吧。

回来便查资料。

查 1990 年代的乳品二厂厂史，称成立于八十多年前，亦即 1910 年代；

再查光明乳业公司史，也将 1911 年成立的英商“可的乳品公司”认作是上海光明乳品业的起源；

而 1996 年成立的上海可的便利店有限公司又恰恰是光明乳业股份有限公司旗下的控股子公司，足见“可的”是光明的品牌资源。

据此推理，一百年前的英商“可的乳品公司”很可能就坐落在淮海中路乳品二厂原址。

贺友直老先生就直接呼之为“可的牛奶棚”。

我之所以对“牛奶棚”在淮海中路这一点印象深刻，完全是因为我家就住在淮海中路上，而 12 岁那年考入五十四中学，就在高安路康平路。按我母亲当年的说法：“侬晓得阿拉小鬼㓾学堂来勒啥地方？牛奶棚打弯就是啦。”

那年头，附近的人们都叫它“牛奶棚”，而不是什么“乳品二厂”这么拗口的官名。

而且，牛奶棚的名气要比我母校以及周边其他单位的名气响很多。

淮海中路从乌鲁木齐路到高安路，朝北的街面上拢共只有四个大门。

第一个大门开在乌鲁木齐路的转弯角子，最早是无锡荣家荣鸿元（荣毅仁的堂兄）的府邸，其父荣宗敬则住在陕西北路靠近南京西路的一个大院子里。1960 年代荣鸿元府邸是上海市妇联所在地，1979 年后是美国总领事馆驻地。

第二个大门是上海新邨，上海最具特色的新式里弄房子，里面住过许多名人，如上海骨科医生石筱山。

第三个大门里，原先是盛宣怀的住宅。1960 年代是上海市高教局，后来做过日本总领事馆，现在是日本总领事私邸。据资料记载，隔壁上海新邨的地皮原来也是盛家大院的一部分，硬被划出去造了房子。

第四个大门紧挨着盛家大院的西墙，门口是黑黑的煤屑路，大门还是竹爿编的，古朴而又破旧，那就是乳品二厂的边门（正门在高安路上，朝西）。1993 年后，乳品二厂整体搬迁，现在是上海图书馆。

我每天上学都要从淮海中路上的这四个大门口经过，然后“牛奶棚打弯”走高安路。

前三个大门里，总是透着一种神秘感，让人不敢轻易停留。

尤其是荣家和盛家两个大院，院深墙高，绿荫密布，从外面几乎看不到主建筑。

不光早晨，白天进出的人也不多。从篱笆缝里望去，里面都有很大很绿的草地，令人心向往之。

尤其到了仲夏时分，还听得到“瞿瞿”的蟋蟀叫声，真想翻墙进去抓它几个。

“文革”开始后，机关瘫痪，我们还真的从上海新邨弄堂里翻墙进去抓过蟋蟀打过架。

这第四个大门则是有气味的。

什么气味？牛㘭的气味。没错，牛奶棚里当然要养奶牛。

这扇开在煤屑路上的竹爿边门也时而要大开，让装满奶牛的卡车进去。

顺便提一句，上海牛奶公司向来隶属于上海市农业局。

而所谓乳品公司，早期的生产方式不过是挤奶加消毒然后装瓶出售。

连脂都不去，所以加热后的牛奶上有一层厚厚的奶脂。

当天卖不掉的，才加工成奶粉，如此而已。

所以，“牛奶棚”的名头无论如何也要比什么乳品公司更名副其实。

还常常听得到奶牛叫呢。

放学时分，昼长人静，那几声牛叫倒很有田园气息。但清晨走过，冷不丁地还会被吓一跳呢。

所以当年流行过这样的传说，有孩子吵着要大人买牛奶吃，大人就会说，当心那里一头很凶的牛蹿出来咬你！听到过牛叫的孩子就不响了。

那年头，牛奶绝对是奢侈品，阮囊羞涩的大人们哪里都买得起啊。

而且，据说从1956年上海牛奶公司成立以后不久，上海液态牛奶的供应量便走入低谷，奶粉生产量也不多——因为喝牛奶是“资产阶级生活方式”。

到“文革”时就更甚。“文革”后期，要医院开证明才能订到牛奶，而且也只是每天一瓶，视病情供应几个月而已。

这种紧张态势一直延续到1980年代中期。

小女出生时，凭出生证只能订到一瓶牛奶，而且期限是一年（一年后只能买奶糕）。

于是，家父又设法用他们的户口帮我订到一瓶。

还不够，怎么办？家父就每天早上去牛奶棚排队，因为几乎每天总有送不出去的牛奶，各种原因都有，而鲜奶又不易保存（当年尚未引进保鲜技术），便在门市当场卖掉，无需计划凭证。

还记得，每人限购两瓶——与网红青团有得一拼。

但“牛奶棚”三个字的名气响遍全上海，则是在1970年代下半期到1980年代初。

乳品二厂破墙开出了饮品店，其实里面只有四种商品：光明牌棒冰、光明牌雪糕、光明牌冰砖和光明牌掼奶油。

其中尤以掼奶油而风靡一时，因为掼奶油以及它所代表的“资产阶级生活方式”在上海滩绝迹已经二十多年了。

与掼奶油同时风生水起的便是西餐热——炸猪排、罗宋汤和红肠土豆色拉。

那真是一个百废待兴的时期。

上海人除了同样要平反冤假错案，要子女回城，要加工资，要恢复奖金而外，似乎稍稍贪心，还多要了一点，那就是还要找回上文提到过的所谓“资产阶级生活方式”，亦即如今通常所说的小资情调。

掼奶油正是在这种背景下恢复供应的，“牛奶棚”也正是在这种背景下走红的。

我还清晰地记得，“牛奶棚”其实是个饮品店。好像是原先的内部食堂改建的，靠马路开了一扇门，里面有一百多平米，很宽敞，放些铁脚台子铁脚凳，头顶上电风扇哗哗的。

那时候还实行“自动服务制”，账台付了钱，拿着一张小纸条到原来打饭的窗口去取饮品。

价格倒是几年一贯制，分毫不动：棒冰 4 分、雪糕 8 分、大雪糕 1 角 2 分；简砖 1 角 9 分、小冰砖 2 角 2 分、中冰砖 4 角 4 分、大冰砖 7 角 6 分；掼奶油 4 角一小碟（一种高脚小碟，口径只有 8 公分）。

除了掼奶油这个亮点，就要数“牛奶棚”这个名头了。

“文革”刚结束，那些很革命的路名、厂名和店名正在遭到清算，许多老品牌正在恢复中。

那年头，如果有谁不知道大庆路其实是余庆路，不知道益民食品四厂其实是沙利文面包厂，不知道第十百货商店其实就是永安公司，是要被旁人鄙视的。

“牛奶棚”正好是老品牌，人人以知道为荣，故而迅速蹿红。

若问“牛奶棚”的名气有多响，我想可以这么来形容：

如今“80 后”孩子的父母，如果是在上海这座城市里谈恋爱的，几乎都去过“牛奶棚”吃掼奶油，就像他们几乎也都去过外滩情人墙、肇嘉浜林荫道、普希金像小花园一样。

当年没有吃过“牛奶棚”的掼奶油，如同当下恋人没有去过星巴克。

我们家住得近，看得比较清楚些。

“牛奶棚”不是一下子热闹起来的，一开始人也不是很多。

后来一传十、十传百的，大家慕名而来，就天天满座了。

经常是门外还站着许多男男女女，只好买棒冰雪糕吃。因为坐不到位子是不供应掼奶油的。为什么？那个高脚小碟实实要比掼奶油贵很多！不能带出店堂，怕被顺手牵羊。

其实，对我们男孩子来说，请女朋友吃一次掼奶油也是要一咬牙一跺脚才下得了这个狠心的。

你想啊，当时大家的工资都是一样的，每月36大毛。上海滩上的规矩是，母亲要为儿子每月代存20元作结婚用，于是到手只有16大毛了。

厂子里还要吃一顿中饭呢。搭伙费1元或2元；饭票每天4两，上25天班正好10斤，1元6角；菜金每天算1毛5吧，拢共合起来又是6大毛，零用钱只有10大毛啊！

谈恋爱总要看场电影吧，夜场电影要2毛5一张，这就去了5毛；车费是照例没有的，荡马路数电线木杆。如果请客吃掼奶油，两人就是8毛；光点一个小碟不像样，加一块简砖，又是4毛，加起来1块2了。

而在没有掼奶油的岁月里，看完电影，最多一人一碗小馄饨才2毛，再加2两春卷或小笼，也不过2毛4，总共不到5毛，省多了啊。

所以，请过一回掼奶油，下次再约会的话，就只有拼命荡马路数电线木杆了，哪哪都不停，看到前面有店铺的光亮，提前找借口绕到对马路去走……

为此，当年产生过两个有关的段子。

一个是弄堂里的大人总是教自家及邻家的小姑娘“门槛”要

精。千万不能“一碗小馄饨（或阳春面）就被别人家骗得去了”。最起码也得是掼奶油啊。

另一个是男孩子在厂子里做“汤司令”。食堂里的咸菜汤是免费的，也很咸，可以单独下饭。多喝汤，不买菜，就可以省下买菜票的钱来。

省下来的钱呢？请女朋友到“牛奶棚”去吃掼奶油啊！

我们住在徐汇区的男孩子就格外悲惨些。

其他区的恋人，最多半年甚至一年才来一回。我们绕不开啊，兜来兜去又兜到淮海路上来了，兜来兜去又兜到淮海路上来了。

有时候只好话里有话地试问：上礼拜刚刚吃过，还要进去坐坐吗？

谁知道，做小姑娘的一律回答：好嘅呀，我老欢喜嘅。

乃末完结！起码又要多做三四天“汤司令”。

别说，掼奶油还真是女孩子的钟情之物，我愣没碰到过一个不喜欢的。

虚荣心又得到满足，口味又真的很Q，真是心理生理都High。

正因为，“牛奶棚”生意好，于是便开起分店来。

第一个分店开在陕西南路复兴中路口，文化广场对面。地段好了，生意更加红火。

乳品二厂火了，于是乳品一厂也来凑热闹。

很快，各色西餐店都相继恢复，各种食品供应也繁荣起来，“牛奶棚”就不再是恋人们的首选了。

时髦的首选变成铜仁路的“上咖”（上海咖啡馆）了。

后来，不知是谁的主意，乳品一厂竟将饮品店改成了“牛奶棚大酒店”！

谁能相信挤牛奶的也能烧菜?

那年头，连沈大成、王家沙的菜肴都卖不好，遑论“牛奶棚”。

原因也是人们普遍认为，点心做得再好，也未必能烧出有味道的菜式来。

果然，没多久，“牛奶棚大酒店”就关张了。

现在市面上还有几家打着“牛奶棚”字号的店面，据说卖的是糕点，与那家倒闭的“牛奶棚大酒店”倒有些瓜葛。

2003年《解放日报》有过一篇报道，说的就是原乳品一厂“牛奶棚大酒店”的下岗职工厉先生如何借着“牛奶棚”的牌子带领下岗工人再就业的事。

这可能就是有人误以为“牛奶棚”在江宁路的出处吧。

『天鹅阁』终于只剩传说

扫一扫，有声色

我从小住在淮海路华亭路，而天鹅阁就在淮海路东湖路转弯角子，只隔了一条横马路。

其实，天鹅阁基本上是一个传说，她在上海滩存在了约 60 年，只有最早的 15 年是名副其实的。

店主是一对曹氏夫妇，分别毕业于圣约翰大学和沪江大学。家住在平安大戏院附近，南京西路陕西路的一幢公寓里，与沪上女作家程乃珊家是楼上楼下邻舍。

据程乃珊回忆，天鹅阁的看家菜鸡丝焗面，其实就是曹家姆妈的私家手艺。

于是程乃珊猜测曹家姆妈毕业于沪江大学的家政系。

大学里还曾有过这样的系！这对女人是多大的福音啊。

可惜现在没有了。

曹家姆妈当然不仅仅从沪江大学学到了厨艺，她的一手钢琴弹得更好，先生又是学美声的，标标准准的夫唱妇随。

夫妻俩又好客，经常举办家庭爬梯（party），招待客人就用她的鸡丝焗面。

终于，曹家客厅容纳不下一批又一批慕名而来的朋友，夫妻俩才决定索性搞搞大，开只天鹅阁出来。

由于店主的品位，天鹅阁一开始就被经营成了一个艺术沙龙，小资得紧。

说天鹅阁只有最多15年好光景，我是着实考证了一番的。

程乃珊只是笼统说，天鹅阁开张于抗战胜利之后。

但我在网上查到一份1990年徐汇区对区内名特商店的情况统计表，上面天鹅阁的开张年份为1950年。

是否有原先国民政府无需登记，开了几年后，再去人民政府登记的可能？至少现在无法排除。

很幸运，这张统计表为我们保留了天鹅阁的地址：淮海中路1074号。

赶紧留此存照。

程乃珊又说，曹家夫妇1966年前去了香港。

在我家当年的隔壁邻居中，1960年代初前去香港（那时候叫"逃港"）的很不少。

几乎是隔三差五的，我母亲就会在公共灶披间里听到邻居偷偷告诉她，谁谁又跑忒了，谁谁又跑忒了。

跟后来的知青大规模病退返城一样，先返城的会写信去外省传授"窍坎"，那年头，先逃的会从香港写信回来传授"越境术"。

母亲听了觉得新奇，晚上都会悄悄转告我们。当然，总要加一句"千万别说出去，要闯穷祸的"。

于是，我清楚地记得，那只能是 1962 年。

后来我看到过的很多书中描写和资料都证明了这一点。

因为 1962 年前是“三年困难时期”，全国人口是绝对不准流动的，讨饭也不许出村，更不许出县。

而 1962 年以后，又好像因为上峰有令，深圳那边突然又抓得很紧了。社会上也传出，“逃港”按反革命叛国罪处 10 到 20 年徒刑。之前只是遣返而已。

我一直隐隐觉得，至今仍然觉得，1962 年对“逃港”者有故意的网开一面的意思。

否则那么多上海的资产阶级公子哥儿娇小姐，怎么可能跟边防哨兵玩个“躲猫猫”，就越过罗湖桥而去了呢？至于潜泳深圳河，更是天方夜谭了。

1962 年后，天鹅阁依然在，但老板老板娘一走，风味大变。

有位向明中学女生在博客里写道，1963 年她才第一次进天鹅阁，同去的男生告诉她，罗宋汤的味道已经大不如前，而那个看家菜也已不是鸡丝焗面，而是鸡丝炒面了。

她说，那一年，她已经从里弄到学校都感受到一种出身资本家的孩子被歧视的压力了。

山雨欲来风满楼，那个著名的运动近了。

还有一段关于江南京剧名家盖叫天与天鹅阁的记载。

盖叫天住在东湖路 22 号，与天鹅阁就隔着一个长乐路小学的操场。

盖老先生与大儿子张大鹏一起住，小儿子张二鹏就住在不远的上方花园 45 号，张二鹏的女儿是我小学同班同学。

盖老先生经常去帮衬天鹅阁的生意。

他每次进去，必点一道“金必多浓汤”，久尝不厌。

做法是先将番茄沙司炒成红油面浆，煮沸后，徐徐倒入牛奶，再放鱼翅、鸡丝、火腿丝、蘑菇丝、胡萝卜丝、卷心菜丝等，汤浓色美，风味殊佳。

据 1962 年后还在“天鹅阁”司厨的鲁先生回忆，有天晚上 10 点，盖老先生散戏卸妆后直接从戏院来此一个人消夜。

照例点一道“金必多浓汤”，但却轻声关照大厨，汤里不要放鱼翅，改加两个水潽鸡蛋，以示节俭，配合形势。

若是那么讲究的曹家姆妈还在，鱼翅换成水潽蛋，你还不如朝伊胸口戳一刀！

盖老先生亦必不会开这个口。

但是，形势比人强啊。

“天鹅阁”其实很窄也很小。

以前，淮海中路襄阳路与东湖路之间，只有两排两层楼的西式房子。

前面一排是街面房，我中学的同班同桌同学的家就住在后面一排。

因为后来居然在一个公社插队，回沪时到她家去过。

至今印象深刻的是上楼的楼梯很窄。

屋子狭长，即门面不宽，三四米的样子。

天鹅阁是这排门面房的最西一间，紧靠东湖路。

东湖路不是正南正北走向，而是东南—西北走向的，所以天鹅阁的西山墙也是斜斜的，红红的瓦顶也是斜的。

一开间门面，也只有三四米宽，小门宽仅一米。

进门踩在地板上，地板还会发出吱吱嘎嘎的声音呢。

一楼除去楼梯、操作台已所剩无几，只有两个火车卡座，棕色皮套。没有大餐台。

1966 年后卡座也没了，因为坐沙发吃东西，也是贪图安逸的资产阶级生活方式。

从一部很窄的楼梯上去，二楼也不是很正气，一个斜顶小阁而已，只放得几张小方桌。

因此，我估计，曹家夫妇当年将其取名为“阁”，亦不乏自嘲或自得其乐之意吧。

但正所谓“室雅何须大”。

让老上海津津乐道的是天鹅阁的一些令人难以忘怀的浪漫细节。

比如店招。

黑色大理石铺底，上面用玻璃晶体粘出一只展翅的天鹅，闪闪发光，像一件放大了的水钻饰物。典雅、醒目，也颇具现代风格。

比如台布。

经典的红白小细格子。

1976 年后，这种台布曾经风靡一时，红房子、红宝石、凯司令都用过。有的现在还在用。

比如霓虹灯。

红框蓝字。小饭店有霓虹灯在当年还是很稀奇的。

再比如店内摆设。

据程乃珊回忆，“小小巧巧的空间，角角落落都是夫妇俩的收藏，西洋摆件到中式古玩，小巧精致，或者在当时觉得不太值钱，直到公私合营后，仍保持原样。曹家不将其收回，或觉得这正是‘天鹅阁’的风格，倒也从不听说有人顺手牵羊……”

还有一事值得一提。

作为西菜社的天鹅阁，店堂里曾经一直挂着一副中式对联。

上联：天天天鹅阁；下联：吃吃吃健康。

后来才知道，这对联竟是国画大家吴湖帆的真迹。

但是，这一切，一直只有很少人关注或知道。

程乃珊说，1940 年代出生的上海老白领人家都知道。

她还说，天鹅阁是沪上雅皮文艺界人士的集中地。

但这样的人始终只是凤毛麟角。

1966 年，上海的总人口只有 690 万，其中郊县农民约 100 万。

真正喜欢西菜的人恐怕有一二十万就了不得了。

而且，当年爱好者也只敢私下口口相传，哪个敢公开宣扬？连到报屁股上去写块豆腐干文章的勇气也不会有。

那纯属自找麻烦嘛。

世事就是这样难以预料。

天鹅阁后来名气响的时候，其实已经名不副实了。

那十年，按程乃珊的说法，是“卖粢饭大饼油条”。

我记得还有炒面卖，去吃过几回，不过已经是肉丝炒面了。

它就是徐汇区饮食公司下面的一个网点。

运动一结束，言路放开，谈论西菜就不再是大逆不道的了。

天鹅阁的传说也随之悄悄地传开来。

1970 年代末到 1980 年代初，正是像我这样的“50 后”谈恋爱的黄金时期。

家住徐汇区的恋人们，几乎没有不去天鹅阁的，就像没有不去高安路牛奶棚吃掼奶油一样，尽管只是吃小馄饨和炒面。

为了表示“懂经”，每个人都不忘在口口相告时加上一句：“天鹅阁是吃意大利菜的，全上海只此一家。”尽管绝大多数人没见过意大利菜。

有一天，我在网上查到一篇有趣的博客。

博主是一个叫张仁仁的老上海，好像一直从事外贸工作，现在是一家美国机构的驻华代表。

1997年骆家辉当州长时曾经访沪，就是由这位张先生一手安排的。

据他说，骆太太也是上海人，讲一口刮拉松脆的上海话。骆的老丈人也同来，还特地到襄阳南路去寻祖屋，尽管结果很失望。

我这里要说的是张先生与天鹅阁的一段往事。

1980年代初，他去欧洲公干前，当时的天鹅阁经理托人请他来店吃饭，并请求他去意大利时带几个比萨回来。

理由是，天鹅阁要恢复经营意大利菜了，不能没有比萨，但他们还不知道比萨下面的面饼是怎么做出来的！

天鹅阁可是从来没卖过比萨的。这样的重振雄风很恐怖哎。

但张先生要在欧洲游荡一个多月呢，比萨还不得发霉。

最后双方商定，张先生争取在意大利多吃几次比萨，回来向经理汇报口感，店里再依法炮制。

回国后还真这么做了。

那位经理根据张先生汇报的口感，亲自做了六七种不同的面饼，再让张先生一一品尝，结果没一个像比萨的。

总要有所交代啊。

于是张先生说：“比萨下面那块面饼的味道不就像早上菜市场

门口卖的羌饼吗！张经理沉吟良久，若有所悟。”

带引号的是张先生的原文，我就不作评论了。

终于，淮海路黄金地段也起楼了，从襄阳路到东湖路，连同偌大的长乐路小学也全部被推倒了。我哥和我妹都是在那里念了六年小学的啊。

天鹅阁，终于只剩下传说了。

美国赤佬的皱皮疙瘩

扫一扫，有声色

今年 2 月 28 日，是“中美上海公报”签订 46 周年的日子。

那就来说一段 46 年前的往事吧。

1972 年尼克松访华，先到的上海，最后也从上海离开。

跟当年所有外国来访的国家元首或首脑一样，车队都是从虹桥机场走新华路、淮海西路、淮海中路到茂名南路大转弯，下榻锦江饭店。

我们家是必经之地。

如果是亚非拉友好国家的，那这条道两边就会组织夹道欢迎，像我们这种临街人家还要被动员下楼去，站在上街沿，等敞篷汽车一来，就要挥舞彩旗，敲锣打鼓，喊口号“欢迎欢迎热烈欢迎”云云。

但美国是帝国主义啊，是“最凶恶的敌人”，所以当年上头传达下来的接待方针是两句四字真诀。

头一句是“不卑不亢”，就是“面孔弗好铁板式，但骨头也弗好太轻”的意思。

还有一句叫“外松内紧”，就是“里厢看看牢，外头笑嘻嘻”的意思。

于是，夹道欢迎肯定是没有了。

马路上一个人也没有又太不像话，所以就组织一些出身好的可靠分子，穿着工农兵当年常穿的各色衣服，在街上闲逛。

这恐怕是中国最早的“街头服装秀”了。

这些走秀的人中间自然不乏安全人员，谨防阶级敌人破坏嘛。

美国赤佬来，怎么个破坏法呢？

据说还要防备那些“里通外国、心向美帝”的坏人向他们的外国主子玩一出“拦轿告御状”的戏法呢。

让人想起这些年有点繁忙的美领馆。

而像我们家，当年是怎么也算不上“可靠分子”的，所以我们根本没有街头走秀的资格，而是被要求待在家里不许出去，窗门不许打开，更不能将脑袋探出窗外，甚至还不许走近自己家里离临街窗口 50 公分的地方呢。

怕我们一枪毙了那个尼克松？不知道。

还记得 1972 年 2 月 27 日那天，父母兄妹都上班去了，家里只剩下我这个回城探亲还没返乡的知识青年了。

早上 8 点刚过，家里就来了两个手臂缠着红箍箍的里弄大姐，笑盈盈地问好。

这说明我已经开始享受与美国赤佬一样的待遇：“外松内紧”了。

然后，她们像在自己家里似的，半拉上窗帘，把吃饭的方桌移到临街的窗边，这样已经隔开了至少两个50公分了。

拿出一包瓜子，笃悠悠嗑将起来，茶自然是我倒给她们的，我也要让她们享受与美国赤佬一样的待遇：“不卑不亢”嘛。

一边聊天，一边等。也不时跟你聊几句，以示“外”依然是很“松”的。

我是干脆识相，坐在靠房门的地方，尽量远离可以枪杀尼克松的有效射程。

坐了会儿，实在无聊，我就准备下楼去信箱里拿当天刚来的报纸。

这当然要先请示的。

好在我们公寓的信箱在楼内，不需要到大街上去抛头露面，所以被恩准了。

下楼时，看到我们的楼梯间里有一个“游动哨”，男的，他不断从一楼到四楼、四楼到一楼地逡巡。

临街的大门内侧，另一位手臂缠着红箍箍的里弄大姐坐在自己带来的小板凳上，见我下来，便尴尬地冲我笑笑，以示她的“外”也是很“松”的。

我开信箱拿报纸，再锁信箱的过程中，大门外有人探头进来，也许我也算个动静。

至于我顺便瞄到的景象，马路上那些人走路的样子和表情，不说也罢，留点想象空间吧。

回到屋里，我就使劲看报，一个标点符号也不错过，以消磨时光。

大概两个多小时后，里里外外有了一些骚动。

“来了，来了，就要来了。”

屋里那两位赶紧离开桌子，来到窗前，踮起脚跟从窗帘缝里拼命往外张望。因为我家是四楼，角度逼仄了些。

“来了，来了，辩记真嗰来了。”

“第二部轿车最长，肯定是辩部，肯定是辩部，周总理搭尼克松侪勒里厢，相信哦?”

此刻，她们只有需要满足的好奇心，早已戒心全无。

“两部、三部、四部……十二部、十三部……廿一部、廿二部……喔唷，介许多啊，结棍结棍。”

“上趟西哈努克来，也没介许多。”

“美国赤佬么有钞票呀，赛过一道来白相相。”

“后头两部么，侪是翻译搭记者劳什呀。”

“好了，好了，过去了，喔——唷——”一个懒腰，“等么等得蛮吃力，看看真真一歇歇啦。”

有人敲门。

进来的是那个男“游动哨”，声音里带着兴奋：

“看到哦？侬看到哦？侬看清爽哦？我只角度勿太好，二楼，看得是色色清爽，尼克松隔了玻璃窗招手也看得出嗰喏。”“

“是第二部哦？是第二部哦？我讲喏。”

“唉，外国人长得介老相嗰喏，60岁不到，已经皱皮疙瘩了。”

“侬管伊介许多啊。”

“喔唷，有啥讲头，美国赤佬来伊啥体，弄得阿拉忙煞快。”

“好了，好了，下班了，再会噢，弟弟，谢谢侬嗰茶。”

那年头，好人与坏人的区别就是，好人能看到美国赤佬的皱皮疙瘩，坏人只好看报纸。

上海情

国庆节，看烟火去

扫一扫，有声色

我也真弄不懂，这些年来，“国庆节做啥”居然变成了问题。要么搓搓麻将，要么走走人家，要么索性屋里“孵豆芽”。近两年总算想到去旅游，也有点像掐忒头的苍蝇，乱飞八飞，没啥方向。断命自驾游还要半夜三更在高速收费口等免费，真真不上台面。

老底子，这根本就不是一个问题。

国庆节做啥？人民广场看焰火去呀！

焰火要 7 点钟等天全部黑了再放，不过 4 点钟要封路的，必须提前出发，顺利通过“封锁线”。像阿拉住在常熟路，走近人民广场也要通过三道“封锁线”呢。

着啥个衣裳去？国庆节么总归新衣裳了。男孩子白衬衫蓝裤子是“标配”，早期军裤亦可，后来薄花呢凡立丁西裤亦可；气温高的，袖子管卷起来，气温低的，加一件绒线马甲，斜格子黑白灰，邪气时髦。脚底下么总归白跑鞋或“懂经鞋”，有回力高帮篮球鞋，算侬台型扎足。

女孩子当然花头更加透一点，花衬衫，西装裤，背带裙，连衫裙，丁字黑皮鞋。老早不许烫头发，辫子总也要梳出点花样经来，各种头路，各种夹叉，各种蝴蝶结。后来开放了，也不敢大弄，刘海卷一卷，辫梢轧一轧。

还要带点啥？顶好么带一只面包，一只军用水壶装满冷开水。要走介许多路，要坐介许多辰光，要到八九点钟再回来，嘴巴要干，肚皮要饿的呀。女孩子么，还要带交关零食，话梅桃瓣陈皮橄榄，瓜子也少不了。

哦，还有申报纸，覅忘记，到辰光坐在地上垫屁股的。

其实，吃好中饭，心里就急煞了，巴不得马上出门。先兜兜淮海路也是好的，蹲在家里做啥，浑身难熬。

不过，老早过年过节，店家不开门或晚开门或做半天的。人家也要过节，也要看焰火的呀。

现在想想，那时商店的做派，倒有点像现在的欧洲，笃散散懈嗒嗒；现在有仔钞票，反而穷性穷悟，不但大开其门，还有高音喇叭，一副急吼吼抢钞票的卖相。

因为人民广场要放焰火，当然要交通管制封马路。

不过，老底子做事体有分寸，哪像现在，从长治路封到东门路，要死快了。

人民广场呀，东到西藏路，西到黄陂路，北到北京路，南到延安路，这就是最后的“封锁线”了，也就是第三道封锁线，覅讲汽车，脚踏车也不许踏进去。而且把守者，以穿制服的警察为主，纠察为辅。

想要到人民广场附近占个好位置适适意意看焰火，最迟 3 点半之前必须进入这第三道封锁线。4 点钟一到，人也不许进。

有第三道，就有第二道和第一道。

我们西边的情况是，石门路是第二道，不过纠察为主警察为辅，看到还在踏脚踏车黄鱼车或开机动车的，就口头关照一声，快点回去，覅再出来了。对于行人，则一律放行。

口头关照，再客气，有辰光也会有口角。

一些平时就不大买账的朋友骑在脚踏车上就詪里詪声："我屋里住了里厢呀，屋里也弗好回去啊？""我出来拷眼酱油弗可以啊，屋里厢红烧肉还勒炉子上咪。""啥人要看断命焰火啦，我跑亲眷呀，阿拉娘舅住了里厢。"五花八门，煞是好听。

这第一道则在铜仁路，中苏友好大厦北门外，马路上每隔一米，摆一只骨牌凳，居委的阿姨老爹戴仔红袖章坐在那里，负责口头通知："要进去快点进去，到辰光此地也要封忒嗰。"还是比较宽松的。

真正到了4点钟，情势也是蛮紧张的。

哪怕进了第三道封锁线，也总要找个地方安顿下来。有辰光，事先想好的地方被人占了，还要重起炉灶。

比方讲，老早西藏路在五马路六马路也就是广东路北海路与人民广场之间，是有一长条窄窄的绿地的，这是看焰火的最佳位置。有一年，我与二哥，3点不到就到了那里，居然也已经站满了人。等到4点钟快，要紧弗煞一屁股坐下来，否则就连坐的地方也没有了。

换言之，一过4点钟，第三道封锁线内，人的密度至少已经超过每平方米四个人。

还有一年，就是因为稍微晚了一点，五马路六马路绿地那里已经没有了位置，我和二哥只有费尽力气沿着武胜路一路轧过去，因为武胜路东面当年绿化很好，挡视线，我要焰火一窜出来就被我看见，就必须轧到南面现在博物馆的位置，才看得清爽。

那里当年都是住家。他们开心，到辰光窗口头、晒台上侪看得到。最气人，4点钟快，他们就在家门口摆一桌酒菜，先请四面八方来的亲眷朋友吃顿早夜饭。一边劝酒，一边嘴巴里还要詪咪："让伊拉去轧去，阿拉吃阿拉嗰，放焰火，还早咪，覅急。"

都是看焰火的人，差距哪能介大呢？

4点钟等到7点钟，老实讲，也等得蛮心焦的。人挤人，也容易走火，争争吵吵免不了。总有人出来劝：“做啥啦，侪是出来看焰火嗰，吵啥物事吵。”争忒两句也就没声音了。

太阳还没下山，就这么晒着。实在热得不行，屁股下头的申报纸抽出来扇两记，嘴巴干了么吃两口冷开水，肚皮倒不大饿。

天一黑，但凡人民公园方向传来任何动静，人群就会躁动起来。

“开始了，开始了，要放了。”弄弄还没放。如此者再三再四，人立起来又坐下去，赛过在做第四套广播体操。

终于，7点钟，砰砰砰，响起来了！红色的、金色的焰火蹿向了上海的夜空。开始少，只单发，或三五连发，后来则是几十门炮齐发，还有喀拉喀拉的声音和低空的白烟。

人群中，只有低低的欢呼：“哦——嗲嗲嗲嗲嗲！”“哦——迭只嗲迭只嗲！”生怕声音太大，会惊乱了空中的美景。

其实，那时的焰火品种不多，什么钢花四溅呀，鸟语花香呀(真听得到鸟叫声)，百花齐放呀，全国山河一片红呀，轮流放。

我比较欢喜钢花四溅。那银色的、粗粗的光束，看似漫不经心地一条一条抽出来，亮出来，再散开去。以为它没有了，又抽出一条来，以为它没有了，又抽出一条来。像极了生命的状态。

这焰火，一般放两个钟头。不过到了9点钟，大家还是久久不肯散去。

“啊？唔没啦？不会吧？”“再等忒歇看看。”

当然等不来。好吧，明年再来。

我扎过一回兔子灯

扫一扫，有声色

印象里，上海人是不怎么过元宵节的。

汤团么年里边早就吃过的了，到正月十五，怎么也得有一百只在肚里了吧。

灯谜么年前各种联欢会上也早就猜过了。

记得我第一次参加灯谜会，只有五六岁吧，是一个小年夜，父亲把我带到外滩 27 号他的单位里去。

灯谜会好像放在半地下室的食堂里，暗洞洞的。记得屋顶有几个裸灯泡，挂一些纸扎的彩球彩带，很简朴。柱子之间横七竖八拉着麻绳，绳子上挂满了密密麻麻的彩纸条，上面写些毛笔字。我后来在工厂里也参与过组织灯谜会，就这么依样画葫芦。

猜中了，就把彩纸条扯下来，跑到一张长条桌前，告诉工作人员谜底。答对的话，就可以换得一支铅笔一块橡皮或一粒硬糖。

我人小身矮，看不见彩纸条上的字，父亲便抱我起来。记得那天我猜中的第一条字谜，是父亲以前在家里讲过的，我记得那个谜底。便问，这样也算么？父亲点点头，我便去扯彩纸条。胆怯，扯了两下还没断，旁边的大人们就拼命地为我鼓劲。等扯下来，又是鼓掌又是喝彩的，虚荣心自然得到极大的满足。

再说，那时候过年只放三天假，中小学开学也早，元宵节早已混迹于平常日子。

反正我记得我们淮海路这一带一直是没有什么元宵节气氛的。有时候去南市外婆家过寒假，城隍庙、小东门一带看到过卖兔子灯，也看到别人家的孩子在弹硌路上拉兔子灯，一支小蜡烛摇摇晃晃。不知怎的，心里好像并不怎么羡慕。

后来，风头紧起来。大饥荒一过，弄堂口就已经贴满了“兴无灭资”“移风易俗”的标语，很多人家本来日子过得不宽裕，就不玩这些了。又几年，“文革”起，兔子灯便进入了“砸烂”之列。

这么一晃，就是二十多年。

突然重新做回了上海人，突然当上了记者，突然有了自己的孩子，也突然想起要扎一个兔子灯，来点缀一下元宵节的气氛，尽管上海人还是不怎么过元宵节。

第一个任务是采购。

下班从外滩回来，特特会会踏脚踏车弯到金陵东路去买四只小的弹子盘，那年头，所谓北京东路生产资料一条街还很不成气候呢。柜台前，左手食指伸进内轴，右手一拨，弹子盘就飞转起来。突然想起以前有人夸我，脑子快得像弹子盘，竟还有了几分得意。

至于轮轴，早就想好了，肯定不用金属的，就去捡两根硬木棍，头上削细削圆，外面穿一根一寸的洋钉，怎么也逃不脱。弄堂口正好在造房子，等会儿顺路再捡两块木板，回去锯一锯，兔子灯的底盘就都有了。

然后还要去一趟文具店和五金店。

文具店开在陕西北路上，从金陵路往西踏再踏延安中路到陕西路小转弯，一切都是事先算好的。买白纸头，一大张绝对够了。

五金店开在西康路康定路转弯角子上，要买细铅丝和粗铅丝。粗铅丝搭框架，细铅丝负责各种捆扎。那正是日日涨价的 1980 年代，明明记得细铅丝只要 2 角 5 分一小捆，突然就要 4 角了。不跟他争，免得破坏了自己的好心情。

怎样的好心情？好吧，告诉你，很像为自己筹备婚礼呢，带一分神秘、两三分兴奋和六七分幸福。

哦，没忘在五金店还买了一节一号电池和一个小灯泡。必须向蜡烛说拜拜，上点档次。小铜片、细电线以及电烙铁什么的家里的工具箱里都有。

踏到家，还不到 5 点。不好意思，早退了。

做事体就要有做事体的功架。立刻在窄窄的阳台上摆起摊头来，榔头老虎钳捻凿一字排开。

“我有一双万能的手，万能的手，样样事情都会做，都会做。”儿歌也在心头响了起来。

万丈高楼平地起。

先做底盘。锯好木板，钉好横档，装好轮盘。钻眼接榫就免了，不用那么考究。

接下来，先用粗铅丝扎一个长方体的兔身，还不忘背部曲线略略弓起。前面接一个四棱锥体做前胸，上面再缀个脑袋；后面其实也是一个四棱锥体，小一点，有点翘势，粘上兔尾。

然后将白纸头裁开糊上，四围还荡了一圈“苏苏头”。对，是这个苏，流苏的苏。

正要去拿毛笔来画眼睛和嘴巴，突然想到，还没把灯接上去呢。这下，陡然增加了工作难度，手要伸进去，还要防止碰坏贴早了的白纸头。

装灯碰到了一点小问题。只要没把灯泡焊死，将来拉起来一震动，必然出现接触不良。哼！派派也算在电视机厂里做过五年生活的，岂能无策。转而一想，太简单了，兔子灯就是为了元宵夜而做的，只要今夜放光明，管他十六没有电。直接焊死！电么跑光拉倒，米索拉索。

一阵手忙脚乱之后，兔子灯终于做好了。这才想起忘了买绳。百密一疏，曹孟德怎么算也没想到还有华容道！

家里也曾一阵乱翻，不乏过年别人送礼的捆扎带。布的，像裤带，不喜；塑料的，又太瘪三腔，亦不喜。最后实在没办法，只好解下一根高帮皮鞋的鞋带，长长的，粗粗的，很有派。而且皮鞋是新的，没穿过。

吃过晚饭，孩子早已等不及了，父女俩便下楼去拉兔子灯。

还是说实话吧，第一圈是我拉的。

理由？太充分了。

“喏，迭个就是兔子灯呀。侬拉过哦啊？唔没对哦啊？看好，爸爸拉畀侬看噢，侬跟了后头噢。”

真的很爽。心里还有点别别跳呢，那种初恋的悸。

这是我第一回做兔子灯，也是迄今为止唯一的一回。

公园门口『插蜡烛』

扫一扫，有声色

襄阳公园总算修好了，十一长假里又重新开放。

晓得不会有啥苗头，也总归要去走一走。

从小屋里住得与襄阳公园近，去得也就多些。

老早是要买门票的，好像卖过 3 分一位，后来是 5 分。

小辰光，厾门票也是一大乐子呢。

尤其一道去的人多，先关照门卫："侬数好噢，我要厾了噢。"然后"得啷得啷"一只一只厾下去。玻璃下面，看得到一只一只筹子从两边斜面上滑下去，消失在缝道里。即便只有一只，也要眼睛盯牢伊直到消失。好像是一场不可错过的大戏。

后来长大了，觉得那样太猴急。于是开始作满不在乎状，用手轻轻一厾，眼睛看前头，方步踱进去。其实，心里还是很在乎的。总归是人民币买来的。人民币弗是橘子皮。

襄阳公园的门一直是开得比较靠里的，这次修好后也还是。

因此，从门口到转弯角子下街沿，是一块很大的空地。

想当年，每日夜里 6 点钟左右，这里闹猛啊。为点啥？约会啊，相亲啊，然后进去谈恋爱啊。

讲是 6 点钟或者 6 点半，总归有人早来，有人晚来。有一家头的、两家头的，也有三家头的。

一家头等，基本上是来约会早到的那一位，东张西望，频频看手表，现在都被各种小品演烂了。不过，随便哪能讲，你再演得好，也还是不如我当年亲眼看到的真人秀好看。

两家头等，很可能是初次见面。旁边立个介绍人，到辰光呜哩嘛哩两句，别转屁股就走的。你们谈得下去谈不下去就不管伊啥事体了。还有一种是女生胆小，拉一个小姐妹淘（现在叫啥闺蜜）来压压阵，当然，到辰光也会走的，你放心好了。

有的女生甚至会叫两个小姐妹来，那就变成三家头了。这样的三家头还算好，怕就怕，一个当事人，一个介绍人，还有一个是当事人的老娘！未来的婆婆或者丈母娘！不放心呀，硬劲要跟得来望一眼，否则夜里要睏不着的呀。

这样一来，初次见面岂不变成了毛脚上门，阿要吓煞人。

不管侬几家头等，统统被称为“插蜡烛”。

第二天上班，保准有人问；“哪能啊，昨日夜里襄阳公园门口去插蜡烛了，是哦啊？”

春秋天，6 点钟正好刚刚天暗，暮色中，连空气都是暧昧的。

襄阳公园门口这样“插蜡烛”等人的，最起码有五六组，多的时候十几组，因为地方够大，还不至于相互干扰。

然后，像跳舞场一样，来一个人，讲忒两句，就领进去一个；再来一个人，又讲忒两句，又就领进去一个。头子活络的介绍人还相帮先买好门票咪。等到人家背影远去，晚风中还听得到介绍人殷勤的关照：“倷慢慢叫谈噢。”

煞是好看，也煞是好玩。

何必不承认，我确也在襄阳公园谈过恋爱。

不过，我最不欢喜的，就是这样地“插蜡烛”，做“打桩模子”了。来来去去的人这么多，女朋友还没碰着，倒先碰着熟人了，尴尬。

碰着我又向来有点乡下人嗒嗒，总归到得不是一般的早。没老婆，心里急啊。这个毛病至今未改。出去吃个饭，开个会，坐个高铁或飞机，提前量打得不是一般的足。

介许多辰光，又不肯“插蜡烛”，哪能办？一般情况下，我欢喜立在对过高塔公寓外面的花坛旁，或者转弯角子上的电线木头后头，看到伊出现在门口，立马穿过马路，拉伊进公园。门票当然也是事先买好的。

有辰光，我晓得伊从哪条路过来，比方讲汾阳路，我就一家头在汾阳路口荡来荡去，消磨辰光。一俟伊出现，再一道往襄阳公园走。

襄阳公园真小。假使走，再慢，十分钟也一圈兜转。坐的地方也不多。六角亭里么忒亮堂；草地上么人忒多，挨得忒近；隑背的长椅么又太吃香，稍许晏一点，就坐不到了。有辰光只好钻西面那个珊瑚树的小树林，树根下有几块不知是谁搬来的石头，就坐在那里谈。

这次整修后，六角亭还在，草地还在，隑背的长椅也还有，那个小树林终于不见了。

襄阳公园里头谈恋爱，最最讨惹厌的，是碰着“钉棚”的人。

一些猥琐男子，有三十多岁的，也有五六十岁的，叼着根香烟，专门轧闹猛。水泥长凳上，伊偏偏坐在两对恋人当中；短的隑背椅子，坐四个人坐不落，坐两个人有点多，恋人们又欢喜挤在一头，伊就在另一头一屁股坐下来；六角亭里，伊也去立忒一歇。

眼睛里一副“倷谈倷嗰，我坐我嗰，啥人要听倷讲言话”的卖相，实际上听得来得嗰起劲。没办法，只好立起来让伊。

记得，当年的外滩情人墙也有这样的“钉棚”。只要有空档，又不够站一对的，这样的“小刁模子”就会挤上来。“听壁脚”还不算，还要上身扑出去，别转头来看人家小姑娘的面孔咪。

有本事侬自家到襄阳公园门口去“插蜡烛”喏。

夏日午后

扫一扫，有声色

我从小就是不睡午觉的。

这也许跟我从未上过一天托儿所和幼儿园的经历有关。

当外公念金刚经的声音渐渐含混和低衰，他一直“呱嗒呱嗒”摇个不停的蒲扇渐渐慢下来，变得有一下没一下，我便从佯睡中睁开眼睛，准备开溜。

外婆总是斜倚在那张藤交椅里打盹，再热的天，香芸纱衫最上面的一粒盘扣也总是舒舒整整地系好，鞋子也总是穿得好好的，从不拖鞋皮。头发也一丝不乱。

我们小孩子都睡地板，当然铺有席子。

表哥表弟们一个个横七竖八，趴手趴脚，馋吐水嗒嗒滴。

我就凭借着地板低于床铺这一地形，猫腰爬行，先从乱鞋堆里找到那双属于自己的木屐，上海人叫木拖板，夹在腋下，然后光着脚轻轻地潜出边门，来到夹弄。

当然，不是每一次都能拿捏得那么精准。

偶尔会听到身后外公朦朦胧胧的问话：“小鬼做啥？”

理由是现成的，绝无半点慌张：“撒尿。”

放下木屐，定一定神，我往往又会潜回堂屋里。

我从来不是孩子王，在家行三，在外婆家大排行就行六了。

早上大家都做完暑假作业后，我只能跟在大孩子后面玩，心里其实是很不爽的。

现在，趁他们熟睡之际，我可以随便地翻那本叫《鲁宾逊漂流记》的连环画。

我明明听到大表哥有几句是念错的，但围在他身边的那些自家的和邻家的男孩竟没有一个人听出来，还一个劲地瞎叫好呢，哼。

现在我就来查那几页，这不，我当然不会记错。

我也忘不了要蹑手蹑脚地从桌底下打开他们的书包，屏住呼吸掰开铁皮铅笔盒，摸一摸表哥的新玻璃弹子，拉一拉表姐新买来的彩色橡皮筋——当中还是粘着的呢。

好像心满意足，好像更加失落，我将一切完全复原之后，再次潜出边门，沿着夹弄走到厨房，然后穿上木屐，跨出后门。

日头真大。

我即便眯着眼睛，那白光好像也还是要溢进来，在眼珠子前面形成一层灰翳。

对面人家的玻璃窗和白垩墙都亮得像镜子，让人无法直视。

街上几乎没有人影，好像全世界都在睡午觉，再勤劳的人也不干活。

而且，人们似乎有过重大约定，偶尔有人经过，都小心翼翼，脚踏车不会打铃，小贩们也绝不叫卖。

大家似乎都知道，一只搪瓷碗落在地上，也能把一条弄堂全吵醒了。

我就那样百无聊赖地坐在后门口的石头台阶上，听着树上说不出是焦躁还是悠闲的阵阵蝉鸣。

街角上只有不多的几棵树，好像是柳树，我便百无聊赖地一根一根柳枝从上到下地扫描，看它们的光影深浅变化。

昼长人静。这是我几十年后从胡兰成的《今生今世》里看来的词语，亲切得好像是我找了几十年没找到的宝贝。

那时候我只是觉得，夏日午后真的好长好长，长得有点奢侈。

但回想起来，寂寞是一些儿也没有的。

我就是这样一个从小就习惯与自己的孤独对话的傻孩子。

反倒是在人群里的时候比较落寞，总是没有什么人愿意成为我的听众。

一个人的时候，我就是我自己最耐心的听众和拥趸，自言自语一两个小时，或者默默地吟唱上百首歌曲，都是常有的事，也很开心。

那时候，家里的午饭开得早，外婆总是 11 点敲过就喊“吃饭咪”，所以吃过弄过躺下睡着，直到我溜出玩耍呆坐良久，其实也还只有点把钟。

那太阳还是直直地晒下来，两层楼的房子，靠墙也只有一尺来宽的荫头，我就贴着墙根一脚高一脚低地走到后弄堂去。

因为后门外没有什么水泥砌成的阴沟，就是土与渣石的阳沟，我得左右跳来跳去，尽量不踩到污水，有时还要避让人家放在后门外的涮净了正在晾干的马桶，照样跳得饶有兴致。

后弄堂口的过街楼下，有时候会有一桌象棋，那个时候，照例是没有旁观者的。

我便很高兴地去站着看一会儿过过瘾。因为人矮小，平时往往挤不进去，只有干着急的份儿。

其实，我也不怎么认真看，更多的时候是在想心事呢。

在《少年报》上读到过棋王胡荣华的故事，他十二岁就能在弄堂里打遍天下无敌手，十五岁便是全国冠军。

我真希望自己也能这样，把弄堂口那些平时嘴巴里老三老四的大人都杀他个人仰马翻。

就这样，墙根的影子越来越长，终于长到了对面人家的门口。

黄昏来临。

这是我们小孩子最快乐的时光了。

我们把大人们揩过席子拖过地板的龌龊水提出来，将再也晒不到太阳的水泥地面浇湿，然后从屋里搬出折叠桌和小竹椅，占据待会儿有凉风吹过的好地盘，支好放好。

然后挨个地去天井里洗头洗澡加玩水，等到大人下班了，就可以吃夜饭了。

午后过了是夏夜，各有各的精彩。

晒霉

扫一扫，有声色

梅雨和台风过后，高温终于来了。

看手机上的中期预报，这一周，从周一到周六，最高温度都是37℃。

论时节，正值中伏，要说也该热了。

天热，弄堂里的人真少，有点冷冷清清。

要么上班，轧地铁去孵空调了，要么宅在家里孵空调。

日子无聊而又单调。

其实在老早，这样的大热天，上海的弄堂里还是很有些风景的。

三伏天里正有一桩要紧事体要做，那就是“晒霉”。

大清老早，家家人家搬出长板凳，没有长板凳的还要问邻居借，或者到居委会及公共食堂里去借来。两只红漆箱子扛出来，架在板凳上；箱盖打开，靠着墙头或用棒头撑牢；一股樟脑香顿时弥漫在天井里、弄堂中。

家庭主妇们把箱子里的衣裳一件一件拿出来，敨开来，要么穿在晾竿上，要么摊在旁边的靠背椅子上、铺板上或钢丝床上，连箱沿也搭满了各色衣裳。

这样做，是因为当年衣架还是稀奇物事，一家人家能拿得出七八个就很嗨威了。只有像像样样的衣裳才用衣架，比如一百多块钱的派克大衣。

这样已经很可观了。

一家人家再穷，绒线衫总归还有七八件，五颜六色的，棉袄和大衣也总归有四五件。一只石库门号头只要有两家人家出摊“晒霉”，整条弄堂就已经荦荦大观，俨然服装博览会了。

而这服装博览会最精彩的部分，无疑是各家压箱底的货色。

1 号里的外公居然有两件皮袍子，这在南方是极为少见的。走过的邻居禁不住要问，当年多少银子买来的。

7 号里的阿姨是唱戏的，那行头挂满一晾竿，五彩缤纷，看得人眼花辘花。

12 号里的爷叔居然有一双三节头的全牛皮皮鞋。所谓全牛皮，就是连鞋底也是用三四层正宗好牛皮做成的，当中还要镶一块钢板，有弹性的，所以又叫“跳舞皮鞋”。隔壁娘舅忍不住要拿起来看看后掌，然后啧啧说道：“没哪能磨蔫，弗舍得穿呀。”

还有 16 号里的外婆，内衣外套，统统侪是绫罗绸缎，连她女儿也不无嫉妒地说：“阿拉姆妈一生一世没穿过一根纱。”即从来不穿棉的，只穿丝绸的。

还有一种箱底货，那就是书籍字画。那些线装书都已经泛黄了，有的内页已经酥掉了，但也还是要每年晒霉，舍不得丢掉。我们小孩子走近时，总是特别自觉地两手背在后面，只用眼睛看，以免有瓜田李下之嫌。

别看都是普通人家，这些字画书籍哪一件都要比现在电视“寻宝”节目里的强。

石库门房子，一般就两层，造的时候又不挖地基，其实是很潮湿的。

所以，每年“晒霉”，人们都会沮丧地发现，好好的衣物上，不是霉斑，就是蛀眼。

霉斑一律用热毛巾轻轻擦，然后再晒它三个毒日头。但有时候，霉斑下面，纤维已断，只好徒唤奈何。蛀眼更是只能自认倒霉，就算当年还有像“老日升”那样的织补店，一个是好的织补师傅开价奇贵，另外，也很难找到原色的线。

吃过中饭，打个中觉，起来两点敲过，就好收摊了。

收摊又是一阵忙乱。我们小孩子早早帮屋里大人到小店里买来了新的樟脑丸，每一粒侪用道林纸包好，大衣和棉袄的左右插袋里要一边一粒，好的毛货裤子袋袋里也要一边一粒，绒线衫么就把樟脑丸塞在领头里厢，小孩子最喜欢做这样的事体了。

冬衣和棉花毯、羊毛毯侪要先用藤拍来掸，噼噼啪啪好一阵，其他衣裳叠起来之前也侪要先敨一敨，此其时也，整条弄堂是花衣翻飞，尘埃四扬，有辰光呛得人咳嗽。

毕竟是伏天里，等到箱子抬进归位，椅凳收齐还讫，人人都已汗流浃背。

接下来便是冲凉。

男人们往往一边冲凉一边开玩笑，因为“晒霉”不但是一种沪上习俗，在上海话里也是一句调侃。如：“张家爷叔，侬旧年不是赚着一笔大钞票嘛，哪能弗看见侬今朝拿出来晒晒伊，霉忒银行里弗认账嘣。”

“霉忒还不如拿出来请客吃吃忒！”

“哈哈哈哈！”

在我的印象里，1960年代初的“晒霉”最是大饱眼福。

那时已经在强调“兴无灭资”“移风易俗”，大家平常都已经自觉穿得很朴素，只有“晒霉”时刻，才得以触摸到上海人家吃辛吃苦攒下来的那一份光鲜和时尚。

可惜，谁也没想到，几年以后，这一切，一夜之间统统成了“抄家物资”。

说来也奇怪，“文革”之后，上海弄堂里的“晒霉”风俗好像很快就式微了。

也是。“文革”十年，家家人家霉头侪被触到南天门，再晒也晒不掉了，晒它作甚！

『外婆桥』是啥个桥

扫一扫，有声色

我认得电台丁丁，是五年前在电视台做上海话脱口秀《闲话上海滩》的时候。

伊做主持人，我做嘉宾，一道在棚里录过好几次影。

最近伊也在做自媒体，除了图文，广播人也玩视频，颇有声色。

有一趟，伊在微信里拦陌生头问我：侬晓得“摇啊摇，摇到外婆桥”里的“外婆桥”到底是座啥个桥？

好问题。

寻题材，就应于无题材处去寻。

几乎每个上海人从小侪会念“摇啊摇，摇到外婆桥”这首民谣，好像还真没有人去追问过，“外婆桥”到底是座啥个桥。

那日写“推扳”，写到江南水乡，老底子家家人家侪有船，出门见河，有的还有私人码头。走亲眷，吃喜酒，侪是自家撑船去的。去外婆家，当然也要“摇啊摇”。撑船也叫摇船。

我水上江南，河网纵横，百步之内，必可见桥。摇船过桥，实在稀松平常得很。不管是到外婆家还是谁谁家还是回自家，总归要钻过离家最近的那座桥，才能靠岸。

小囡容易心急，一上船就会得问：“外婆家到了哦啊?”一埭路里总要问个几十遍。摇船的大人被问得烦也烦煞了。于是，就会漫应道，过了“外婆桥”，就到外婆家了。

这“外婆桥”很可能就是离外婆家最近的那座桥。也可能是石板桥，也可能是木桥、竹桥甚至独木桥。反正，只要小船钻出了这个桥洞，外婆家就在望了。小囡们一看到岸上外婆家的老房子，开心啊，就会得叫起来，喊起来，蹦啊跳啊，差点落到河浜里去。

如此，每个人侪有自己的“外婆桥”，无论远近大小，都是一生的甜蜜记忆。

长成后离乡闯荡，“外婆桥”亦常在心中。有朝一日，游子来归，除了自家屋里，心心念念的还是那座“外婆桥”。要再去钻一钻，或者去走一走，再次第一眼看到岸上外婆家的老房子，心里还是会得蹦，会得跳，会得喊，会得叫。为只为那下一句：“外婆叫我好宝宝。”

现在，大家都住城里了。陆路交通之发达，也早已超过水路。再去外婆家，要自家开小汽车去了。

小囡去白相，外婆当然顶开心。好在现在有手机、有微信，还有视频，外婆也不落伍，侬开在半路上一定会接到伊信息：“倷到了哦啊?倷到阿哩搭啦?”

明明有点小堵，为了让外婆宽心，侬一定会得回答：“阿拉已经下高架了，转只弯就到了。”

下高架，赛过就是过了外婆桥嘛。

原来，高架桥就是现如今的“外婆桥”啊。

摇啊摇，摇啊摇，
摇到外婆桥。
外婆叫我好宝宝。
糖一包，果一包，
外婆买条鱼来烧。
头勿熟，尾巴焦，
盛了碗里吱吱叫，
吃了肚里发虎跳。
跳啊跳，
一跳跳到卖鱼桥，
宝宝乐得哈哈笑。

偷小菜吃

扫一扫，有声色

偷小菜吃，侬小辰光有过哦啊？

哎呀，几十岁的人了，还不讲老实言话。偷过么就偷过咪。

据我目测，几乎百分之百的男小囡侪有过“偷小菜吃”的经历，多少不同而已。女小囡？我看至少也有百分之五十吧？

先下个定义。凡是未经大人许可，背着大人而吃的侪叫“偷吃”。

哈哈，这下插翅难逃了吧。

回想起来，“偷小菜吃”也分几等几样。有餐前偷吃，有餐后偷吃。

有辰光，半上午或半下午游泳回来，那肚子实在是饿得吃不消。回来第一桩事体就是开架橱门，不但有小菜要偷吃几口，钢錝镬子里的冷饭也逃不掉，这叫“偷冷饭头”。有辰光吃得过猛，卖相也极其难看。

夜里外面打牌吹牛皮到半夜，进门已悄无人影。当然也会熟门熟路弯进灶披间，打开架橱门，看看有什么剩菜可以偷吃两口。

最刺激的，莫过于当场偷吃。

公用灶披间在底楼，一看到母亲下班回来上灶台，先殷勤地身前身后转悠。递油递盐递味精啊，龙头上接半碗清水过来啊，一副热爱家务劳动的做派。这样，等到小菜出锅了，当然由我端上三楼。

在这黑绰绰的楼梯间里，就可以上下其手，大做文章了。红烧肉么总归要嗒忒一块小的，咸菜炒肉丝么也要扒出一两条顶粗的肉丝吞了，再用手把咸菜盖盖好。就是一只清炒卷心菜，也不管多烫，先淅沥索落夯忒一口。然后神情镇定地将菜放在餐桌上，转身下楼去端第二道菜。

其实，距离从来不是问题。

后来搬场，灶披间就在房间隔壁，灶台离餐桌仅五六步之遥。也足够了，一个转身，一块小排已进嘴。放下菜碗时，不要说话不要动，等反身出得房间，再在走道里大嚼可也。

如此说起来，计划经济真不是什么好东西。偶尔开荤吃大排，或者煎荷包蛋，都是一人一块或一人一只，就无从下手了。想想也气人，我端菜毕竟也付出了劳动力呀。

还有就是那三年“不自然的灾害”，样样物事配给，且量极少。家里只能实行分食制，连青菜萝卜也要分，谁也不许多吃一口。

说大人不晓得，被骗过了，其实不然。只要无伤大雅，一般都眼开眼闭算了。只有“偷吃”得太狠了，才会“刮三”。

记得有一次，母亲很有兴趣地氽点“油氽果肉”，一氽就是一菜碗。我们兄弟几个，就是因为觉着今朝的量有点大，便疯狂地团伙作案。等到父亲回来要下酒，我们每人都已经偷吃了十几粒之多，吃得那坡度明显变缓，一点卖相也无。这才挨了几句骂。

“偷小菜吃”，味道特别香。比后来坐定在台子前吃下去的那几口都要香，太值得回味了。几十年后回想起来，仍有唾液分泌。

“偷小菜吃”，也未必就都是好贪小便宜。更多的时候就是行为失控，想先吃为快而已。所以，后来自己烧菜了，有辰光还是屏弗牢，要先尝一口。所以，后来“80后”这一代，都是独生子女，让他们端个菜，也依然难逃被偷吃的厄运。

食色，性也。美食当前，一如美女当前，无动于衷肯定属于不正常。第一次拥吻、第一次缠绵，不也都是在行为失控下发生的嘛。

讲来讲去，还不是因为当年物质太匮乏，钞票也不多。

不过，现在可以随便买随便吃了，却没有人来偷你的小菜吃了。

小辰光，母亲看到我们争吃无序，是要出来管的：“勠抢，一个一个搛！”外婆若在，总会拦着，说：“随其去。抢抢吃，味道好。”外婆不但放任我们抢，甚至她也伸过筷子来，说，“搭外婆留一眼哪。”其实，当时我们根本不知道她在说什么。

现在，两个人吃饭、一个人吃饭的机会多了，才真正了解当年外婆讲“抢抢吃，味道好”的深意了。

唉，“偷小菜吃”，居然亦一去不复返。

上海人与脚踏车

扫一扫，有声色

自行车，上海人不叫自行车的，而是叫脚踏车。哪怕最早的带动力的自行车，也叫“机器脚踏车”。

整车如此，零件亦如此。

龙头，亦不叫什么平把翘把，而是叫平车龙头、轻便车龙头、跑车龙头。前叉不叫前叉，叫“蟹钳”。“我只蟹钳断忒了”，人家当伊在吃大煠蟹呢。也不叫前轮轴后轮轴，而叫前飞后飞。若能变速，叫“三飞”。挡泥板，叫叶子爿，前叶子爿、后叶子爿。链条壳子，叫全链罩、半链罩。

当然还有三角架、书包架、撑脚架。

顶顶要紧一只铃。为啥？假使侬脚踏车旧了，不灵了，上海人就会得讲，伊部脚踏车啊，除忒铃弗响其他侪响。铃也分大扳铃，打起来要用足力气；也有双铃，打起来刮拉松脆，哧唧唧——半条马路侪听得到。

新车子，叫快马。“哎，侬部快马借我踏一踏。”老车子就叫老坦克、老爷车。上海人讲起来，前头还要加上象声词，如“吭哧吭哧老坦克”“咔啦嗒咔啦嗒老爷车”，极尽贬低之能事。

上海小人，一般十二三岁就学踏脚踏车了。人不够高，一只右脚从三角架里厢穿过去，只踏半圈头，叫踏“三角车”。当年风气，男小人一定要会得后上车，女小人可以只会前上车。假使啥人只会“死上车”，是要被人笑话的。

讲起来，上海又是第一个从欧洲引进脚踏车的东方都市。据说是在1868年11月份（清同治七年），那时的脚踏车还没有链条呢。

虽说，1790年，法国人就发明出了脚踏车，有两只轮盘，木头架子，不过还是要靠人的两脚蹬地来驱动的。

直到1874年，脚踏车才有了链条，用后轮驱动；1886年，脚踏车才有了实心轮胎，有了前叉，有了刹车，有了三角架，两只轮盘才一样大，轮轴里才有了弹子盘。到1888年，邓禄普发明了充气轮胎，脚踏车才基本奠定了现代脚踏车的雏形。

直到1980年代初，踏脚踏车还是一桩很时髦的事体。所以很多孩子从小就羡慕邮递员，甚至长大就想当一名快乐的邮递员。天天有脚踏车踏，还是公家的呢。

是时髦，就得拼命地赶。

买不起跑车，轻便车龙头翻过来装，再将座垫升到最高，踏起来，人趴下来，屁股翘得半天高，背脊骨煞平，踏得飞快，令人侧目，这是1970年代的一种时尚。

买不起兰苓，也可以拿座垫放到最低，平车龙头升到最高，顶好是男人踏女式车，两手前平举，笃悠悠地踏，像开公共汽车那样，又是另一种时尚。

讲起兰苓脚踏车，还有三枪，当年哪个小青年眼睛里不发光！

平车龙头涨闸刹车全链罩三飞六速双铃再加磨电灯，想想也焐心，玛莎拉蒂也不换啊。尽管现实生活中，可能连一部锰钢的永久13型或凤凰18型也买不起或没办法买到。

兰苓之所以名气响，是因为1895年刚有第一届世界职业脚踏车锦标赛，即脚踏车的F1，1897年，Zimmerman就为兰苓夺得了冠军。之后兰苓又夺得了多达27个世界冠军、2个奥林匹克冠军和1个环法脚踏车比赛冠军。

兰苓老板，法国人Frank Bowden门槛精，他一开始就跟当时最优秀的脚踏车选手签约，通过脚踏车比赛的冠军来推广他的产品。

其实，兰苓（Raleigh）是英国诺丁汉的一条街的名字。1887年，Frank Bowden收购了那条街上的一家小型脚踏车公司。

该不起兰苓，该不起13型18型，丝毫也不影响我们的心情。阿拉照样弄弄单脱手，另外一只手还要存心甩法甩法呢。半夜里人少，阿拉踏在淮海路贴当中，还要表演双脱手，嘴巴里山歌唱唱，算是配音。

兴致来了，踏到人民广场去兜个十圈八圈。还不着瘾（音“尼”），索性从徐家汇踏到闵行，一路上吃力了，还好手搭拖拉机，揩揩油省把力气呢。

男孩子待在一起，常常会PK屏车。龙头90度歪转来，左脚踏在前轮胎上，依靠前轮胎左右移动来保持平衡。看啥人先脚撑地就算输忒。老卵的朋友，屏车同时还要双脱手，屁股坐在龙头上，屏车的辰光之长，据说可以这样双脱手吃掉一碗阳春面。

踏脚踏车，不光可以抒发豪气，亦可以表现温柔。

谈恋爱辰光，用脚踏车荡女朋友最浪漫。坐在书包架上，她若两脚分开坐，你就拼命踏快，让她不由自主地抱紧你的腰。她若斜坐，两腿绷直，又美得不要不要的。最好骗她坐到前面三角架上来，然后再骗她说，自己胸前有粒饭米糁，帮我弄弄忒。她一回头，就会得到一个吻。

荡人穿弄堂走小路，也极有成就感，因为可以绕过很多红绿灯，不被警察发现。

我曾经有过荡人从淮海路常熟路踏到长风公园基本不下车的纪录。华亭路、延庆路、五原路、乌鲁木齐路、华山路、曹家弄、东诸安浜路、江苏路，当年好像只有愚园路口有警察。不在，就冲过去；在，就下来走两步。过了三官堂桥，沿光复路再朝西就基本没有红绿灯了。

孩子小的时候，暑假里我只好带她到单位里去，单位里有暑托班。照样在淮海路穿大德里或大福里、穿新乐路 100 弄隔壁弄堂、穿四明邨、穿华业公寓那只弄堂从平安大戏院旁边出来、绕西康路南阳路、穿张家弄，再从新闸路一家拉面店隔壁弄堂穿到武定路，再沿苏州河边踏。乌镇路那里有点断头没关系，新闸路上当年也没啥警察。从长沙路对面弄堂穿出，过西藏路进厦门路到底，又是南苏州路了。最后从乍浦路桥下转圆明园路到北京东路外滩。

休息日，或礼拜天，弄堂里揩脚踏车也是一道风景。尤其屋里车子刚刚买得来，起劲啊。全套家什拿出来，当然还有小矮凳。回丝（waste）是问隔壁纺织厂阿姨刚刚讨得来的新回丝，还有机油香，这也是一种“台型”。钢丝一根一根揩，钢圈一段一段“锯”（音“嘎”），直到车子上有“克罗米”（chromium）的地方统统揩得锃锃亮。还不忘记前飞后飞上加点油。

升降龙头或座垫，修修踏脚板，装装脱忒的链条，这都不算啥，大家侪会。如果啥人家爷叔还会得校钢丝，补洞眼，调内胎乃至调外胎，那才会佩服得不得了。不过，好言话讲起来却不大好听：“侬好去摆摊头了。”

踏脚踏车，有豪气，有浪漫，有得意，也有不开心的事。

电影散场出来，一看，气门芯被人拔掉了。有的人连气门芯上的小小塑料帽子也要偷。后来有人教我，反正“八只瓶子七只盖”，有生气的工夫，从人家那里拔回一个来就是了。

有一段辰光，有人在马路上撒碎玻璃三角钉，前面不远就会有一只修脚踏车的摊头。窝恼弗出的苦。

马路上踏法踏法，啥人晓得前头是公共汽车站头啦，卖票员拼命用小旗杆甚至夹票钳敲车壁：“脚踏车靠边！脚踏车靠边！”像晚娘一样。

公共汽车停站时被人吊车，你老老实实在车后等了很久它也一动不动，你刚想超出去，没过车头，它又动了。断命的司机还要头伸出窗外骂一声：“侬寻死啊！侬勠命啦！”不过，我听到过的公交司机骂得最有水平的一句话是（笃悠悠地）：“哪能啊？屋里厢新的脚踏车又买好了是哦啊？”册那。

踏脚踏车，上下桥也蛮吃力。至今记得，1981年9月，华东师大开学第一天，正好刮台风。我踏脚踏车过中山路桥，去时顺风，上桥像煞被吹上去的，毫不费力；回来就倒霉了，上桥只好老老实实推上去，下桥溜也溜不动，还要拼命踏，速度还来得嗰慢。

顶心焦么，就是等火车。宝山路、共和新路旱桥下，一等就是十分钟一刻钟，上班也要迟到了。据说最慢的是杨家桥，一等就是四十分钟。

因为踏脚踏车，也衍生出一些上海俚语来。最有名的就是“扳龙头”与“凿轮胎”。

至今，玩升级一类的扑克游戏，如大怪路子、拖拉机、四十分等，若要把做庄拿底牌或先出牌的权利夺回来，上海人仍然称之为“扳龙头”。当然，想取得家里的话语权或单位里的话语权，也叫“扳龙头”。

“凿轮胎”么，不必多说，就是背后乃至当面下黑手的意思，尤其是朋友之间。现在有一句话，叫做“朋友就是拿来被出卖的”，就是对“凿轮胎”的最好解释。朋友圈里相互留言，未必都是点赞，“凿轮胎”者大有人在。

也许有人要问，“弹钢丝路爆胎路”，算不算从脚踏车衍生出来的上海俚语呢？窃以为不是吧。

我的印象里，老底子因为有些三轮车夫黄包车夫欢喜漫天要价，乘客不开心了，就触他们的霉头：

“喂，三轮车，弹钢丝路爆胎路去哦啊？”

如今，满街的摩拜与OFO，我看了真开心。上海的交通就是要靠快速客运加公共脚踏车，解决“最后一公里”的问题。靠老式客运系统和私家车，均非长久之计。

我乐意看到上海人与脚踏车续写新的浪漫故事。

上海事

老底子哪能『摆桌头』

扫一扫，有声色

现在请客侪到饭店里去。老早不大上饭店的，一般侪是请到家里来。

过年请客最多。老规矩是一直要请到元宵节。

讲起来，请吃和吃请的规矩最多，区区千余字，实难穷尽。

一双筷子，就有诸多规矩：不可插饭如香炉，不可敲碗如乞讨等等。

还有，须等主人先动筷，主人未搛过的菜坚决不动。

特别需要指出的是，所谓“够不着，站起来”是近三十年来传入的陋习。

海上人家是宁可“吃半边”的。再好的菜，没吃着并不坍台，吃相难看才真坍台。

我记忆最深刻的儿时用筷规矩则是：“时时放筷”。

搛一口，吃一口，放一放。

这边厢刚送进嘴里，那边厢立刻去搛别的菜，已是粗鲁之极。

入席也极闹猛。

该坐主席的坚决不肯坐，你推我搡，形同“打相打”。

篇幅有限，一概略过。

今只讲讲老底子上海人哪能“摆桌头”。

先冷菜，再热菜，貌似平常，实不平常。

冷菜不在多，而在精。

如白鸡白肚，先修成长方形，再切成条状。

若客多，叠两层三层，层层都是四四方方。

孔夫子曾曰：割不正不食。

如今店家那种拿鸡头鸭脚垫盆底的做法，当年若家里请客也如此炮制，会被认为你“不诚心”。

旁边切下来的歪七畸八的片块也一律不入盆，一如川人的“夫妻废片”。

只不过川人放麻辣腌，昆山人用奥灶露浸，本地人摆糟露做成“糟钵斗”，宁波人放盐烧作“逐落羹”，日后自家食用。

反正，碎不捞着，屑粒末煞，都是上不得台面的。

上第一只热菜的时候，冷菜会被全部撤空。

即便有再熟的客人或长辈，特别欢喜某只冷盆，也绝不会在桌面上并并弄弄，而是先撤至厨房，装小碟，再放在他面前。

冷菜如此精美，撤了确有遗憾。所以就有了这样自我解嘲的海派说头：

客人会说：“多吃少滋味，少吃多滋味。”

主人也会说：“没吃够，反而好，侬会想着伊，下趟再来吃呀。”

酒罢用饭，也颇有些讲究。

首先，除非辈分极高，一般不会有人说“先搭我盛饭”。

若大家的酒都已“门前清”，女主人一定会走到桌边来说：

“哦唷，倷老酒介快就吃好啦，坐忒一歇，我去炒两只下饭的清爽小菜出来，快来兮嘞。”

这是一种礼仪，也是一份尊重，吃饭岂可只用剩菜呢。

如今，我在很多“高大上”的场合看到的是：

一大群局长处长土豪大腕都会说：“来，吃饭吃饭，这点剩菜阿拉大家分分，侬淘肉露，我淘鱼汤，吃吃清爽，覅浪费。”赛过哪里冲进来一群“讨饭家（音‘过’）子”。

讲节约我不反对，“瘪三腔”我看不下去。

所谓下饭的清爽小菜，也有一定之规。

普通青菜就不行。

一般是塌棵菜、冬笋荠菜或冬笋雪里蕻，放不放肉丝听客人的。

与清爽小菜一道上来的是三鲜砂锅，有蛋饺，有肉圆，有细粉，有黄芽菜，下面焐一只小白蹄，上头摆几只油爆虾，考究的还有肚片熏鱼。

原来的热炒也悉数撤下。

这叫做，吃酒是吃酒的菜，吃饭是吃饭的菜。

至此，“摆桌头”尚未结束。

精彩的还没登场呢。

这个时候，女主人会再次走到桌边，颇带几分不确定地问：

“倷有啥人想吃吃我烧的水笋烧肉哦？”

当然一片欢呼声：“老早好拿出来了！”

“不来赛的，这是我昨日烧的呀。”一般情况下，隔夜菜不得上桌，而且，水笋烧肉其实也是红烧肉摆焐头的一种，也是摆不出样子，上不了台面的。客人相熟，又实在有人欢喜，主人也依然要先打一声招呼，再好端出来。“倷欢喜么，我去盛一碗出来热一热。”其实当然已经热好了。

啥叫啥“家常菜”？此之谓也。不能随随便便拿出来的。

啥叫啥“私房菜”？亦此之谓也。侬点则未必有，我有侬才吃得着。

最后还有一样，那就是上海人讲的“酱小菜”。

很多人吃饭是一定要用“酱小菜”来“煞煞嘴巴”的。

考究点，上六样，装在漆木食盒里，长方形的，分六只格子，深若寸余。今已难觅。也有分四只格子的。

里面有大酱瓜、小乳瓜、萝卜干、大头菜、玫瑰乳腐、甜藠头等。

这个传统几乎荡然无存了，现在的人们也许觉得酱菜是不上台面的吧。

酒足饭饱后，主人家还要送上漱口茶，送上绞好的热毛巾，这样，“摆桌头”才算面面俱到。

那茶漱了须吐出，千万别喝进去；那毛巾轻轻掖脸即可，千万别使劲擦前颈后脖的，动作幅度太大，亦属不雅。

“吃桌头”的不可不知。

老底子哪能办年货

扫一扫，有声色

清早踱出小区，门口保安突然问起我今日农历几何。

我说，明天要吃腊八粥了。

年过半百的他不禁慨叹起来，说，如今过年，也太没有过年的样子了。

是呀，放在过去，这会儿家家户户早就忙得个七七八八了。

就说为了这一张张嘴吧，就够全家人忙乎的了：曰买曰腌曰浸曰切曰磨曰做，样样都不易。

买，就是买年货。

不但要凭票证，还要漏夜排队。

鸡鸭鱼肉、皮蛋烤麸、油盐酱醋、糯米芝麻、赤豆黄豆、花生红枣、金针木耳，悉数配给供应，要分头去排队买来，花个三五天是常事。

商店菜场人头攒动，大呼小叫，煞是闹猛。

那时候，店家短斤缺两、以次充好的倒基本没有，如有争执，泰半是由先来后到，插队加塞引起的。

回到家里，公用厨房里又是另一番闹猛。

女人们总要评头论足一番：你家的母鸡肚里还有软壳蛋，我家的带鱼肚肠也已经烂出来了，大粒花生没有小粒花生香，大炮红枣卖相不错味道推扳，连两家的绵白糖也要拆包，放到亮光下面去比较一下，孰白孰黄，谁潮谁干。

接下来的便是腌。

一块猪后腿，不能用生水洗，切开几条深缝，抹上粗盐花椒，揉巴揉巴，就穿上麻绳吊在阳台上。

今年只请一桌客人，用半只鸡、半只鸭做做冷盆，已是很拿得出手了，还有两个半只也腌一腌，挂到厨房窗外的钩子上。

乡下亲戚送来的鳗鲞，也要用竹筷撑开肚皮，免得肉头发红，卖相不好。

这些，都是一直要留到元宵以后，嘴巴感觉清淡下来的时候再享用的。

一时间，从弄堂里往上望去，阳台里、窗檐下、晾竿上，处处琳琅满目，让人感到有余裕的生活真好。

浸，也是江南人家必不可少的大事，尤其我们宁波人。

有三样东西是必浸的。

一曰糯米。

过年没有水磨粉，不吃猪油汤团如何使得。

为了让水磨粉更“绨”（细腻嫩滑），那糯米至少要浸两日两夜。

何况那时配给的糯米往往不够用，还要掺些粳米，粳米性硬，更要多浸些时辰。

家母最喜欢的就是汤团，所以每年要磨 30 斤，一浸就是两三个脸盆的糯米。

二曰年糕。

年糕不但香糯、有嚼劲，还有好口彩，年糕年糕年年高。

但当年的年糕少有用糯米做的，一般用粳米，有的还掺杂少量早籼米呢。

粳米籼米性硬，卖相不好，人客来了，一碗炒年糕，碎不捞着，端也端不出手。

所以也要事先在冷水里多浸浸，这又是几盆几钵。

三曰笋干。

没有水笋熻肉，也要举家不欢的。

从闽笋干到水笋，至少要浸两个礼拜，大只的厚实的甚至要浸 20 天呢。

俗话说，一斤浸七斤，即一斤闽笋干可以浸得七斤水笋，但又是需要容器。

此时，家里早就盆满钵满，家母是巴不能够把我们男孩子的洗脚盆，也把来用砂粉打一打，再用水冲一冲，就用上去呢。

很可能就是由于容器紧张的缘故，不知从哪年开始，母亲就要我们先期开切，本来是临到要煮的时候才开切的。

毕竟切开的碎片占的体积经济划算，如年糕、如水笋。

但没有切过，还真不知其中之难。大冬天的，又都是石骨铁硬的东西，很多时候双手压刀背还不够，还要伸直手臂，脚也要踮起来，往下猛地揌，才切得开。

没切几久就去磨刀，没切几久就去磨刀，忙到不行。

哥哥们有时候就开玩笑说，切下来的东西就是全归我一个人吃，也补不回我付出的劳力啊。

年糕水笋靠切，糯米就要靠磨了。

那年头，不是家家都买得起石磨的。

往往十来家人家中，才有一家是有磨的，于是邻舍隔壁大家先简单碰个头，商量出个先后次序，轮着用。

完全是原始共产主义的干法，连主人家竟也没有什么优先权，怎么方便就怎么流转。

轮到每家，把磨搬来了，也只有一两天时间。无何，只好连夜推磨。

推磨一般是家里男人干的活。

后来，家父得空也会在晚上来磨几个钟头。

但母亲总是嫌他磨出来的粉太粗，要我们去替下他。

现在想来，说是嫌他，也可能是疼他罢。

要磨的还有芝麻，其实是把芝麻先炒到半焦，加砂糖，放在捣臼里捣。

捣也是研磨。

这个活需要极大的耐心。

最可怖，那捣臼好像总也放不稳，不时倾倒，里面磨好的芝麻酥就会撒到桌上凳上甚至地上。

如被母亲看见，是少不了要被呵斥一顿的。

没看见的情况下，我们就把它再撸回去，脏不脏也就不管了，眼不见为净嘛。

剩下的，还要用手指去粘来，直接放进口里。

那个香甜，写到这里，犹似在口中。

最后是做，最闹猛的也是做。

我们宁波人最要紧的就是做那个水磨汤团里的馅子。

馅分两种。一种是猪油黑洋酥，一种是豆沙。

豆沙的好弄。

将赤豆洗净放水里煮熟去皮，加糖研成粉状，再将汤汁收干即可。

猪油黑洋酥的就要复杂些。

猪油又分两种。好的整块的叫“板油”，四四方方，结实紧凑；不好的呈片状的叫“网油”，时断时连，筋筋刺刺。

过年一般用“板油”，先将它切成小片，再用手撕开（好的板油里是有纤维的），再将捣好的芝麻酥放入拌匀。

然后搓成一个个的小圆子装盘，到包汤团的时候可整体放入。

还有家家都要做的，那就是蛋饺了。

那时候过年，家家户户不论是自家人的年夜饭，还是年节里请客，最后的那个砂锅汤，一律是下面放个蹄髈，白汤，上面放黄芽菜、粉丝，还有就是蛋饺了——这是基本规格。

考究点的再放肉丸、熏鱼等，那就是三鲜砂锅了。

蛋饺人见人爱，所以要么不做，做起来每家都是几百个，最少也要百多个。

做蛋饺不能用大火，要微火，所以都是煤炉先封起来，上好铁板后，就着那个小孔来做。

在这方面，煤气灶竟毫无优势可言，火头开不小，易灭，且人是站着的，时间长了腿酸得不行。

所以，家母有时宁可走好长一段路到弄堂里去借个煤炉来做蛋饺。

还记得那些在外婆家做蛋饺的日子，那就更闹猛了。

吉安里1号的厨房虽大，但八家人家合用，而且年夜岁边，煤炉上都煮着东西，哪里还有放做蛋饺的另一个煤炉的地步。

于是天井里、后门外，到处都是做蛋饺的煤炉、家什和人。

尤其是后门外的北施家弄，从1号到6号，多少煤炉，场面堪称壮观。

做蛋饺多半是女孩子家干的活。

大家都坐在小杌子上，每人左手拿个半圆的汤勺，在火里煨热了，右手用筷子夹一小块“板油”或肥肉在勺里那么一涂，算是放过油了。

然后倒入事先打好的蛋糊，勺子转一转，将蛋糊摊开，再放入肉馅，用筷子尖揭开边沿，盖过去，再煨上一煨，顺势压实蛋饺的边，就可倒出了。

姑娘们边做边聊，不时有清脆的笑声传出。

头低久了，甩一甩长辫；人坐累了，伸一伸懒腰。

你就是在旁边站一站，也是无限风景，赛过在河埠头看村妇浣纱呢。

顺便说一句，如同石磨、捣臼一样，那年头，圆台面也不是家家都备有的。

也是要靠邻舍隔壁事先商量，安排好客人，你初二昼过，我初三夜里，轮着用。

到时候，不但圆台面事先扛过去，还顺手送几只骨牌凳过去，客人多了，家常的那些都不见得够用。

归还的时候，还有一番攀谈呢。

“哟，那个瘦瘦长长的是爷叔啊，卖相好得唻，鼻头管煞挺，外国人一样喏。”

“还有，二嫂的女儿勠看只有五六岁，长得比伊拉娘还要漂亮，唉，大起来又是一个害人精啊。”

“啥人倒霉也弗晓得咪，哈哈哈哈……”

写着写着，真想到很远很远的乡下去过年。

总归是那个的味道浓呢。

老底子哪能请裁缝

扫一扫，有声色

儿时老是听外婆嘴里念念有词，其中不乏宁波口头文学。如这一阕：

正月过年嗑瓜子，
二月逢春放鹞子，
三月上坟坐轿子，
四月种田插秧子，
五月端午吃粽子，
六月走路捏扇子。
七月七秋凉，
八月桂花香，
九月九重阳，
十月芋艿熬鸡娘，
十一月家家户户做衣裳，
十二月家家户户放炮仗。

翻翻旧历，今朝已过十一月初十了。十一月，又叫冬月。冬月里请裁缝，做衣裳，是宁波旧俗，也是上海旧俗、江南旧俗。总要在腊月到来之前，提前置办完毕。

因为要“像一份人家”，春节出客，不管大人小孩，棉袄总要里外三新，穿得山青水绿才行。

习惯的力量也真可怕得紧，直到现在，每到阳历年底，我还是会有要买衣服的冲动，不买总觉得有桩事体没做好。

这不，今年说不买不买的，结果还是买了不少。

无论如何，买，究竟是容易的，真要做起来，就烦难得紧。

小时候，到旧历冬月，家里照例请起裁缝来，而且要请到家来做衣裳。

而且这一做就是十天半个月，管吃管睡。

因为不是一家两家的事，所以也像借石磨借捣臼一样，一个裁缝各家轮着转。

也许正因为宁波有这种风俗，那里的奉帮裁缝（奉化人为主）很早就特别的出名。

上个世纪，奉帮裁缝们又齐来闯荡上海滩，沪上语杂，以讹传讹，竟变成了“红帮裁缝”，让人以为与上海青红帮有什么关系呢。

也曾问过外婆，请晚了耽误过年，何以不早点请裁缝呢。

一则阴历十一月前，家家户户的农活还没干完，不得闲。

再则那年头乡下没电，又已入冬，裁缝师傅长时间坐着缝缝剪剪的会很冷，于是家家户户都会在台子或作板底下放一个脚炉，一边烤火，一边热熨斗，齐巧两便。

试想，九月秋老虎，十月小阳春，在裁缝师傅身边放个炉子，再搁把火热哒哒滚的熨斗，便不成道理。

还记得，这样的做衣裳，主要是做冬衣，特别是一家老小的棉袄。

棉袄是大工程。

其实，所谓的“里外三新”，就是指棉袄的面子、夹里、花絮都是新的。因为以前人家都勤俭，花絮能翻弹的翻弹，夹里能凑合的凑合，所以，在同一年，棉袄能穿到“里外三新”也是很难得的事呢。

后来人还误以为是指外套、绒线衫、棉毛衫这三样的新呢。

所以，说是做棉袄，未必每年每人都是做“里外三新”的，所以又叫“翻棉袄”。

一切要看情况。

或面子尚可，或夹里未破，或旧棉絮弹松了再装回去，往往只有“两新”或“一新”了。

家里有点余钱的，买了点新花，扯了些新布，总是先尽着当家的男人。

一件大人棉袄至少要 1 斤 2 两棉花，这可是要拿出不少棉花供应票证的。

艰难岁月里，棉袄的面子只是龙头细布或阴丹士林布，白的，扯来自己染。反正外面要罩罩衫的。

夹里也多不用羽纱了，改用仿绸，甚至是旧衣裳拆洗重染了再用。

而男人去年穿下来的旧花则重新弹松了，翻孩子们的棉袄时用。

有时因为量小，竟舍不得特特会会请弹棉花的师傅，而是在冬天太阳下面，边晒边自己用手扯松了。

我小时候皮，坐不住，满弄堂跑。但这样的事却很能抓住我。

首先是染。

帮外婆用旧脸盆打一盆水来，直接搁炉子上烧，烧开后，放那种几分钱一包的染粉下去，无非藏青、咖啡或者黑的几种颜色，然后搅匀。

把缩过水的衣料放进去，再搅匀。因那染料很厉害，粘手了不易洗脱，所以还要到天井里找根木棍来搅。

这样的过程，大人大多觉得不胜其烦，我却是乐到不行。

相比之下，扯旧棉絮稍嫌枯燥些。

但是扯棉絮时总会有女孩子在，晒晒太阳，说说话，开开玩笑，也就不怎么厌气了。

因此，我甚至怀疑，那些旧戏文，如“十八扯”啊什么的，灵感会不会来源于这里呢，哈哈。

外婆曾问我，你想过没有，这棉花是怎么钻进面子夹里，变成棉袄的么?

那时候我已经会做那种丢着玩的沙袋了。先缝好两面，翻过来，再装上沙或者米，最后缝上口子。

对啊，那棉袄的口子该留在哪里呢?

想不出，实在想不出，只好观摩。

原来是留在两腋和领口的呢。

但是，裁缝师傅翻转那一下时，老是有意无意地用身体挡着，怎么也看不真。

于是就央着外婆在做小人棉袄时让我也来翻一下。

果然，棉花钻进去了，棉袄就这么做成了。

做罩衫长裤就安静得多，我也只有在一边看的份了。

外套的料作也讲究得多了。

家父的罩衫，怎么也得直贡呢的，后来不济了，的确良也用；家母的，当然要绸缎，还要花纹对称，还要盘纽，还要镶边；裤子么，家父的往往是哔叽，家母则偏爱轧必丁。

我们的当然用卡其。有时还只是纱卡而非线卡。

俗话说，新老大旧老二破老三，大哥每年几乎都有新罩衫做，我们即便当年不做新的，也要改一改、染一染，弄得像新的一样。

接下来的就是无限期待。

盼着大年初一的天亮，起床就可以穿新衣裳了！

谁说年纪大了，就不期待过年的新衣裳了？

年初一，我还是绝不肯马虎的。

上海早点趣谈

扫一扫，有声色

都说上海人的传统早点叫“四大金刚”。其实这是1980年代的新说法，以前从来没听见过。

不过，既然“四大金刚”已经名声在外，那么我也来凑凑这个热闹聊一聊吧。

大饼油条

上海男人当年的标准早点是两只大饼一根油条，这是很经典的。

因为有例可证。

上海滩上的两位滑稽大师姚慕双、周柏春曾经把这一细节编进了独脚戏段子。

说的是对子女的教育。

需要说明的是，我们小时候读书，考试从来不说“得了只100分”，而是说“吃了只100分”。

那是当时的习惯用法，老师也这么说：

“侬看侬，作文写得介蹩脚，我只好畀侬吃只70分了。”

当然，交白卷就是“吃了只鸭蛋”。

所以，姚、周在一个段子里说姐弟俩考试回来向父母汇报分数。还记得是用常州方言讲的。

姐姐兴高采烈地说，我吃了一根油条，两只大饼。

弟弟垂头丧气地说，我吃了两只大饼，一根油条。

原来油条代表 1，大饼代表 0。所以姐姐是 100 分，弟弟只有 1 分了。

当然，如果没有上海男人的标准早点这一共识，这个包袱是怎么也抖不响的。

这也是上海滑稽无法也无需走向全国的道理所在。

老虎脚爪

其实，上海点心除了“四大金刚”，还有一样，叫“老虎脚爪”。

今已基本绝迹。

它同样是面粉做的，取其形状而名之。

它的由来很值得说道说道，因为它的制作方法正是它绝迹的主要原因。

所谓“成也萧何，败也萧何”。

每天早上 9 点敲过，早点摊就冷清下来。

为节约起见，店家就要封炉子，好节约煤球。

但大饼炉子里还有余火余温，直接封死，留个小口“炖水”（即微火煮水）还嫌太浪费。

于是聪明的店主就让师傅把做大饼多余的已经揉好的面团扚成一小块一小块，先贴在炉膛里，再封炉口。

因为余温有限，所以体积不能太大，一般只有玻璃杯盖那么大。

又因为太小，不像大饼那样容易粘在炉壁上，师傅的五个手指就特别使劲，于是粘上去的同时就在它背面形成了“老虎脚爪”的形状。

这样一直要烘到下午三四点钟。

因为只有到了那时，店家才舍得重新开炉，生火放煤，准备傍晚卖炒面什么的。

经过长达五六小时的微火烘焙，那“老虎脚爪”才特别香。

还是因为它个头小，又是副产品，成本也低，所以记得只卖2分钱一个，深受草根市民的欢迎。

记得小时候，外公午睡醒来，就会叫一声：“去，侬啥人，帮外公到弄堂口买两只老虎脚爪来。”

我们拿了钱，活蹦乱跳地就去了。

所以到1970年代末，大饼摊的炉子一改成电炉，“老虎脚爪”就只好绝迹了。

记得1990年代，黄浦区第一饮食公司也多次想恢复传统品种，包括“老虎脚爪”。

但电炉的火永远也无法调节到那么微温，也不可能烘焙那么长时间，价格也无法卖得那么高，所以每次只是在崂山路年终大展销的时候象征性地做它上百个，应应景而已。

这就是“老虎脚爪”的命吧。

豆浆豁蛋

这种吃法好像也绝迹了。

以前老上海人吃咸浆，总归要叫堂倌先在碗里“豁”（即敲开）一个生蛋，并不打碎蛋黄，然后直接用滚烫的豆浆浇上去，最后再放佐料。

这一情景，木心老先生曾经在他的《上海赋》里写到过。

他还说了一段趣闻。

他说，那年头，如果你要的是咸豆浆，堂倌就会跑过来问。

但他从不会直接问你，要不要加个鸡蛋，那样你会回答说不要。

他会问你，鸡蛋是加一只还是两只？你就会去考虑两只太多，脱口而出，说一只好了。

其实，你已经被堂倌“噱”进了。

但如果碰到类似木心式的“老屁眼”（门槛极精的人），也会有意外。

模拟的情景对话如下：

“喔，老先生，侬早，请坐，甜浆咸浆？”

“咸格。”

“好，咸浆，鸡蛋一只两只？”

“今朝勿要哉。”

“哪能啦？”

“昨日被侬噱进了。”

但堂倌并不死心。

“啊哟哟，侬老人家真是，鸡蛋吃勒侬肚皮里格，又勿是请我吃，侬钞票麦卡麦卡，豆腐浆里不摆蛋，赛过八月半唔没月亮，阿是？好，侬要辣油哦？”

“我是相信吃辣的。”

“好，嗳——咸浆一碗重辣，鸡蛋拣新鲜大点格，马上就来！”

这就是海上老堂倌的厉害。

老先生闲话讲了交交关，结果照样被伊“噱”进，再去回头人家，总归不作兴。

我最喜欢的是那一句："豆腐浆里不摆蛋，赛过八月半唔没月亮。"

哪能被伊想得出！真真噱头。

『阳春面』

扫一扫，有声色

不用说，面条源自北方，但至少有一种面的称呼，好像是上海人发明的，那就是“阳春面”。

大家都知道，阳春面就是光面，没有任何“浇头”。

来自官方或准官方的美食指南类文字里，大致这样说：

阳春面，俗称“清汤光面”，是上海的一大特色。

“清汤光面”，指一种不加任何浇头的汤面，是旧时上海最大众化的面点之一。

后因商贾人等忌讳“清”“光”等不吉利字眼，有好事者取古乐曲名《阳春白雪》的“阳春”二字，改称为“阳春面”。

前面几句都对。

上海滩上的商人确实很讲迷信，别说“清”“光”这种字眼了，晚上店铺歇业，也不能叫关门，而要叫“打烊”。

如果哪个学徒不懂事，黄昏时分大叫：“大家快点，阿拉要关门了！”

让东家听到了，吃一顿“生活”是绝对不够的，必须当夜卷铺盖走人。

宁波商人连自己的“舌头”都不叫“舌头”，叫“赚（音‘才’）头”。

就因为甬语（沪语也是）中，“舌头”的“舌”与“蚀本”的“蚀”读音相谐。

但最后那句“阳春白雪”显然有些附庸风雅，穿凿附会了。

面店的堂倌们大多没读过书，根本不知世上有此曲。只吃得起“清汤光面”的顾客也大多没读过几天书，更不会有闲情逸致来为光面改名，以提升档次。这都属于梦呓。

为此，1980年代初我刚入行时，曾经请教过黄浦、静安、徐汇三区很多商界前辈和当年的面店老板，现在都已在耄耋之年。他们中间不止一个人告诉我，他们听到过和看到过的传说是这样的：

老早上海很多苦力，如黄包车夫，如码头上扛大包的，他们的日子过得很清苦。

他们偶尔坐一回面店，绝不会像“弄堂里小开”那样，一碗面要“双浇”，爆鱼还要加焖蹄，甚至再加只荷包蛋，干脆凑成“三浇”。

他们口袋里那几个铜板，还要回去交给“家主婆”买米呢。

所以他们会怯生生地问堂倌，能不能来一碗没有浇头的光面呢？

但旧时店堂的规矩，是一定要“唱名”的。

啥叫“唱名”？就是你要一碗“清汤光面”，那店堂伙计就必须高喊一声：“一碗‘清汤光面’！”好让煮面的师傅听见。

何以要这么“哇啦哇啦”地叫呢？老板规定的，因为老板也要听得见。

你不“唱名”，前堂后厨就有可能串通起来，“揩”老板的“油”。

就是后厨把面煮了送了，前堂收的面钱可以不入账，瞒着老板与后厨私分。

从这个意义上说来，“唱名”者，透明度之谓也。

但堂倌老是“光面”“光面”“清汤光面”地叫，也不是生意经啊。

倒不是担心恶心了顾客，怕的是恶心了自己：怎么店里净是些这样的客人呢？生意还要不要做下去？

而且，本来我捞出面来，左手端碗，右手加“浇头”，做惯了，顺手得很。

现在你什么“浇头”也不要，我右手空落落的，太别扭了，于是顺手抓一把葱花，免费给撒上，算是奉送。

因此，据说一开始，“光面”或“清汤光面”改口叫的是“阳葱面”，而不是什么“阳春面”。

一定有人要问了，那前面加了个“阳”字，什么意思？

这个嘛，就有点嘲人的意思了。

意即：要不是这把葱花，阳光就直接照到你的面条上了啊。

旧时面摊，台子大多摆在室外。

那你的面前就是三样东西：阳、葱、面。

而“阳春面”则是对“阳葱面”的讹读。

因为面店堂倌来自五湖四海，口口相传，以讹传讹，读歪的又岂止这一个词。

小时候听到这样的传说，一哂了之。

后来也听到过许多“阳春面”的别的版本。

我之所以认为这个版本更接近于真实，是因为它里面有海派文化的影子。

上海人讲闲话向来“撮掐来兮”，尽管并不一定都有恶意。

“阳、葱、面”这种表述方法，既揭穿你的老底，又给你留有面子，因为其他人一下子不可能想这么多。

这就是海派文化的特点。

也是现代城市文明的一种表现形式。

至于“阳葱面”最终如何演化成“阳春面”，我的猜测，多半出自喜欢附庸风雅的小报穷酸文人之手吧。

鲜肉月饼话当年

扫一扫，有声色

实话说，这两年街头的鲜肉月饼已经到了泛滥的地步。

几乎家家食品店乃至很多超市都支上一只平底锅，在那里烤着烘着。稀罕的是，也都有人买，且很多锅前还排起了队。

一样物事，稀奇也好，不稀奇了也罢，都会引发疑问。果然有朋友在某个群里问我：你第一次吃鲜肉月饼究竟在何年？

我第一次吃鲜肉月饼，是在 1960 年代。在这之前，好像没听大人说起过。

彼其时也，人们刚刚走出三年大饥荒，进入一个被叫做“调整、巩固、充实、提高”的经济新阶段，市场上的商品是 1949 年以来最丰富的。

自由市场（即今农贸市场）也被有限度地默许而存在，票证买不到的东西，花高价可以买到。

塑料制品首次走进人们生活，除塑料碗筷外，让人记忆深刻的是塑料风凉鞋和海绵拖鞋，还有尼龙袜子玻璃丝，都时髦得紧。

鲜肉月饼也在那样的时刻粉墨登场。

老上海们都还记得，以供应鲜肉月饼并爆得大名的是淮海中路上的高桥食品厂。

高桥食品厂在茂名南路以东、瑞金二路不到点的地方，两开间门面，它原本的特色是上海本地的川沙高桥松糕。店里其他商品与一般食品店并无二致。

由于在高桥食品厂买鲜肉月饼要排很长的队，常常闲得慌，只好东张张西望望，所以知道它坐北朝南，西边是有名的双子别墅，现在叫“淮海路 796”，宁波人姜炳生在 1921 年造的。1960 年代给上海市电影局当办公楼。门外头有三块巨幅广告牌，排队排得厌气时，经常抬起头来望望广告牌上的电影女明星，至今印象特别深刻。

它的东边楼上就是和平弹子房，上海当年最有名的打落弹的地方，1960 年代已改成乒乓房，我和哥哥去过几次，1 角洋钿一个钟头，要排队的。再过去，转弯角子上是大方绸布商店。

顺便提一句，淮海路瑞金路的其他三个转弯角子上，分别是泰山文具店、开瑞男装店和马兰花童装店，都曾名噪一时。

现在想来，当年上海人推出鲜肉月饼，实在是有点白相相的意思。

众所周知，月饼自唐朝以降，不管广式、京式、苏式、潮式、滇式，都是甜的。月饼的原料就是面、油、糖。后来馅子丰富起来，除了豆沙，还有五仁、百果、莲蓉、椰蓉等，万变不离其宗，都还是甜的。

讲起来上海人就是“作”，人家熟视无睹了，伊非要白相出别的“花头经”来。

据说高桥食品厂在做鲜肉月饼之前就推出过一种“椒盐一口酥”，也是名声在外。

所谓椒盐，就是甜中带咸，以前酥饼也都是甜的，一旦有点

“咸咪咪”，立刻吊足众人胃口。

所谓“一口酥”，真是小得一耎耎，“一口”云云，恐怕指的是一般女士的樱桃小口吧。假使碰着姚晨，并排三只也可以一口吞下。

做鲜肉月饼的思路亦异曲同工，个中透着一点海派式的顽皮，你们吃甜的，我偏做点咸的，你们喜欢大的，我偏做成小的。因此，鲜肉月饼其实就是中秋时节的一种时令街头小吃，也就是每年中秋节前的十几天工夫有卖。

还记得，“文革”头几年是没有卖的，大概到1972年尼克松访华，就又恢复供应了。

真真“起蓬头”好像是在“文革”结束后，即1970年代末。到那时，作为上海人，一年不去排趟队买些给家人吃吃好像不像腔了。尤其是热恋中的男子，好像不请女朋友吃鲜肉月饼女朋友就会飞走一样。

我当然也不例外，每年总归要去轧一两趟闹猛。说来也惭愧，排了半半六十日的队，到头来也不过买个两只，5分一只，一搨刮子1角洋钿。（后来据说涨到8分？）其实，大多数人都如此，偶尔有人一口气买四只八只十几只，其他人都要转过头来看看伊是啥人呢。大户？而且，紧张的辰光是限购的，一人最多四只，总要照顾照顾排在后头的人。

必须补充的是，我印象中鲜肉月饼好像不收粮票，因为太小，收半两粮票也太多了。也有说，半两粮票买两只的。当然也不收肉票。这也是鲜肉月饼要排队的重要原因之一，平常吃肉要凭肉票，每人一个月只好买1块5角洋钿肉。

另外，像高桥食品厂那样通过现做现卖增加商店收入，完全靠商店自己的积极性，上头未必支持。因为店里所有物资原料都是按计划配给的，要回收票证来抵充的，能够省下来用于现做现卖的面粉、食油和鲜肉的数量都极其有限，只好实行卖光算数。

我记得很清楚，高桥食品厂卖鲜肉月饼，一般要下午两点钟开炉子，上午好像没有，卖到5点半就歇搁。因为6点钟要打烊了，做鲜肉月饼的营业员总归还要换换衣裳，揩面汏手。

一锅鲜肉月饼，总归要烘十几分钟吧，拢共也就十几锅而已，不到一千只。

有人说，好像西区老大房也很早就做过鲜肉月饼的，这是事实。不过，当年的静安寺一带已经被社会主义改造得没有几家店，市面十分“落乡”，根本形不成气候，因此，西区老大房鲜肉月饼的名气与堂堂淮海路上的高桥食品厂是不能比的。

至于光明邨，只好算是近年来“一跤跌了青云里”，挑挑伊了。其实它以前与鲜肉月饼是无甚渊源的。

就算在鲜肉月饼最最“起蓬头”的1970年代末，淮海路也不是家家人家都来做鲜肉月饼的，像哈尔滨、老大昌是不屑做，很有点腔调；而像光明邨那样的点心店又不敢做，还有点敬畏的。

哪像现在，是个店面就敢做。就像是个人就敢炒股，是个电视台就敢做真人秀一样。

一个奉行“走别人的路，让别人走投无路”的民族是毫无希望的。

『搅花福禄』

扫一扫，有声色

我学西式的就餐落座的礼仪，还是我十五六岁时候的事情。

那时，我周围的朋友几乎清一色是比我大七八岁的很有点出身的男男女女。从他们身上，我还真学到不少终生受用的东西呢。

有一种让我印象极深，是因为它有个古怪的名字，叫“搅花福禄”。

据说，“搅花福禄”是个译名，来自台球。

用母球用力击打子球的任意半边，让子球先撞向一岸再弹回来落入另一岸的中袋，而母球则撞向远端的一岸再弹回来并确保不落入底袋。

滚动过程中，子母两个球在球台上划出一个漂亮的“十”字，有人说，像两把交叉叠放的叉子，又称为“cross fluke”。

而交叉形状，在沪语中叫“大搅”“大毙搅”或“搅花”。

“福禄”由“福禄克”简化而来。

于是，“搅花”+“福禄”=“搅花福禄”！

这个词组，我至少查了五种以上的英语词典，都没查到这种用法，多半是“洋泾浜”英语的独创了。

现在只有少数老上海人能听懂。

那作为就餐礼仪，这个“搅花福禄”究竟是个什么就座法呢？

它适用于朋友们各自带异性伙伴赴宴的时候。

以最简单的两男两女为例。

再假定，你是其中一个男的。

你在把自己的女伴介绍给男友后，由男友邀请自己的女伴入座，推好椅背，他在一旁落座；然后你邀请他的女伴入座，推好椅背，也在她身边落座。

男男女女都是对角相望，形成一个漂亮的“十”字。

落座还只是开始。

要紧的是，用餐时，你应该时刻把你对你男友的情谊表现在照顾好他的女伴上面。

比如，为她推荐菜肴、递调料瓶、招呼服务生续饮料等。

既要周到体贴，又要落落大方，那才是绅士风度。

一点也用不着担心，你自己的坐在对面的女伴会落单或被忽视，不会的，她由另一个绅士好好地照顾着呢。

万一你真的很想向自己的女伴推荐她喜欢的菜肴，你也应该对着他的女伴说：

“这凤爪很入味，她一直很喜欢，你也不妨试试。”

你的男友听到以后，哪有不夹给你女伴吃的道理呢！

如此一来二去的，大家都会觉得，既融洽，又不失礼貌，回想起来，还是感觉好极了。

当年，我曾经傻乎乎地问过我的那些大朋友，为什么要这样，结果被他（她）们好一顿训导！

“出来就要大方。”

“要亲热，回家怎么亲热都行，但朋友聚会就是社会交际了，不要那么放不开，人家不会吃掉你的女朋友的。”

“既然是社交场合，要时时处处想着让别人高兴，自己的伴侣，哪怕稍微怠慢点也没关系的。”

原来这样。

再后来，我慢慢知道，这原来是一种欧洲上流社会的习俗，从 1920 年代起便在沪上喜欢英法文化的不大的圈子里流行。

五十年前的“文革”彻底摧毁了中国的上流社会及其文化，而且再也捡拾不回来了。

“揽花福禄”同样再也揽不起来了。

现在，朋友间的饭局上大抵如此：

恋人情人夫妻一律相邻而坐；

恋人情人夫妻往往只顾自己说话，只给自己的伴侣夹菜，有时还过于亲热；

有的男人坐定后，还要调位置，做自己女伴和异性朋友的隔板；

很多男人不敢当着自己女伴的面为其他女士服务——

那样的时候，我想念“揽花福禄”。

上海人

花园洋房好读书

扫一扫，有声色

关于徐元章和宝庆路 3 号，比较集中的报道是在怀旧风很盛的本世纪初，当时这幢花园老洋房常组织舞会，据说名流荟萃，让怀旧小资的媒体人眼热。

再次成为话题是九年前，宝庆路 3 号被拍卖，据说拍卖所得的1.8亿元被屋主也就是徐元章外公周宗良的一百多位继承人分走，徐元章不但一分未得，据说还必须迁出他住了五十多年的祖屋，住到田林小区仅 55 平方米的安置房里去云云（注：此节抄自他自己贴在院子里的大字报，后来因他上电视等缘故，争取到相对稍好的其他结果）。

2014 年 12 月 3 日，徐元章先生仙逝。一时间，这位命运多舛的沪上“老克勒”和宝庆路 3 号这一幢神秘兮兮的花园洋房，再一次成为热门话题。

他竟然就这样远行了。我还是写一写徐元章和宝庆路 3 号吧，再不写，有些细节将永远湮没于无形。

由于很特殊的原因，几乎所有关于宝庆路 3 号的报道我都看过。恕我直言，其中只有程乃珊的文章算是基本准足，这大概是徐元章比较接受程乃珊的缘故。都知道徐元章先生为人谦和，但骨子里，他真正瞧得上的人还真不多。

而且，同为沪上“颜料大王”，程乃珊丈夫的外公吴同文以及他在铜仁路上的“绿屋”，应该不比徐元章的外公周宗良和宝庆路3号逊色。

十多年前，我在MSN上开了博客，那时我也曾经想来写一写宝庆路3号，为此还做了不少案头工作。

一天晚上，我突然接到我妹妹的短信：“赶快打开电视，徐元章上了《心灵花园》。”我内心的感觉，一下子就不好了。我理解他，多半是为了影响舆论，让这幢百年花园洋房有个好的归宿，不惜抛头露面，到那样的平台去游说。

但我还是很生气。当然，我没有权利也没有资格指点他该做什么不该做什么。我是生我自己的气，他去了《心灵花园》，将来我再回忆起他来的时候，从小到大，他在我脑子里的形象就变了呀。

第一次踏进宝庆路3号是1958年，那年我才六岁。我踏进的不是它的正屋和大草坪，是将近5000平方米的大花园的西北角，也就是最靠公安局的那扇小门，再过去就是变电间。

多年以后，我才知道，这个西北角是他家的辅屋，一个一层的花房（或称暖房、温室），一个两层的储藏室，还有一排两间平房，估计以前是下人住的。

一条斜斜的竹廊把这些辅屋以及一个小花园与园中其他建筑隔开，但竹廊的镂空围栏仅一米高，中间还开有矮门。若要穿过去，也是不费吹灰之力的。

我之所以那么熟悉，是因为这几间辅屋和小花园就是我的小学，我在那里待了整整六年。那间只是一面有窗的花房是我的教室，那个储藏室的底楼是另一个教室，装有厚厚百叶窗的楼上堆满了杂物，现在想来，大概是从这儿间辅屋里清理出来的似乎还舍不得就扔掉的物品吧。

两间下房就是办公室，里面有三四个老师，一个语文老师和一个数学老师还兼班主任，都是大花园隔壁弄堂里读过几年书的居民。另一个数学老师是一个二十刚出头的失业青年，和我同姓，算我本家。就是他，在四年级的时候，带着我战胜了所有公办学校的参赛选手，成为徐汇区的少年速算冠军。

音乐老师、图画老师和体育老师都没有专门的办公桌，他们只是上课的时候来，还有一个校工。

那个音乐老师给我的印象最深，因为她年轻又漂亮，烫头发，穿旗袍，还涂口红，走起路来袅袅婷婷，弹风琴和唱歌都特别的嗲。

多年后，家母告诉我，几乎所有民办小学的音乐老师都是附近富人家的孩子，民国年代家里请得起私人教师教钢琴，结了婚便安心相夫教子，闲来无事，便到民办小学来兼兼课。

这个当年只招了两个班级的小学就是我的母校——上海市徐汇区新乐民办中心小学二分校，离我家 100 米还不到。

1950 年代初，政府鼓励“光荣妈妈”，即鼓励多生育，算是对多年战争后人口锐减的补偿。这一政策很快形成了一波生育高潮，我们这一代同龄人里，兄弟姐妹平均就有四五个，弄堂里小六子小七子小九妹比比皆是。

尽管民国时期的上海有全国最充裕的教育资源，但还是不敷使用，1958 年，当局想出了一个“鸡毛飞上天”的计划，就是利用民间资源，大办民办小学，解决“就学难”的问题。

所谓“鸡毛飞上天”，就是把进公立小学的孩子比作泰山，而把像我这样进民办小学的孩子比作鸡毛，但民办小学也可以让孩子成才，像鸡毛一样飞上天去，比如速算冠军什么的。

民办小学又称“弄堂小学”，就是因为它们的校舍大多是弄堂里大户人家让出来的。我们的一分校就在淮海大楼后面，教室好像也是原来的花房，只有一个班级。总校则在华亭路的一处花园洋房，有三个班级及校长室、教导处。那里至今还是一个幼儿园。

1957 年，徐元章的母亲已去香港奔丧，估计宝庆路 3 号的这些辅屋是他父亲同意让出的，其间是否遭遇动员、胁迫已不得而知，但这件事徐家从未谈起过。

十年后，我告诉徐元章，我的小学就是在你家后院读的，他也只是淡淡地回了一句：“哦，是吗？”

其实，徐元章是 1951 年他七岁的时候才跟父母一起住进这座花园洋房的。早年她母亲不顾家庭反对，毅然出走嫁给自己的家庭教师，几乎是断了六亲的。

1940 年代末，周宗良举家移居香港时，既没有带着这个任性的女儿，花园洋房也宁可空关而不给她住。

后来，据说是徐元章的母亲写信求他外公，与其空关，不如由她帮着看屋吧。在征得周宗良的同意之后，一家数口才非常低调地入住了宝庆路 3 号。

六年后，周宗良在香港去世，徐元章母亲去奔丧后再也没回来过，只听说她在法国成了一位小有名气的画家。这很可能是徐元章没有这座花园洋房继承权的原因。

外公从未说过她母亲可以继承，她母亲更是一句也未向徐元章提及过这房子的归属。

小学天地虽小，却也趣味十足，还有假山和小池塘。花房前面有一块水泥地，我们每天做体操玩游戏都在那里。

还记得我们经常玩的那个游戏叫“香蕉苹果马铃铛”。据说这是民国时沪上外国小朋友的游戏：两个小孩拉手撑起如门，其他孩子鱼贯穿过，一边钻，一边嘴里还要唱呢。音乐停止，做“门”

的孩子的手就会突然放下，谁正好被扣住就算输，下一轮去做“门”，赢的孩子则加入边钻边唱的队伍。

那音乐的调如“$\underline{56}\ \underline{54}$ | $\underline{34}$ 5 | $\underline{23}$ 4 | $\underline{34}$ 5 | $\underline{56}\ \underline{54}$ | $\underline{34}$ 5 | 2 5 | $\underline{31}$ 1 | ”。

一直不明白香蕉、苹果和马铃铛这三样东西放在一起是什么意思。后来学英文，才知道原歌词应是“London bridge is falling down，my fair lady”！

这才叫“神一样的翻译”呢。

印象最深的是北墙那边，当年是徐汇公安分局，再早则是法租界巡捕房，它的看守所正对着我们的操场，每天下午我们可以看到犯人放风的情景。

一进学校，老师就反复告诫我们，千万不要穿过那条竹廊，随便打扰人家的生活。

男孩子总有好奇心，有时候下午老师早离校，我们就趁校工不备，穿过竹廊去探个究竟。现在还能想起来的是，也许在孩子的眼睛里，这花园实在太大了，每次都不敢太深入就跑回来了，连主人居住的屋子都没正眼瞧过一回。

宝庆路 3 号的东面连着上方花园的第四条横弄堂，俗称“煤屑路”，因为其他横弄堂都铺了水泥。“煤屑路”比较宽，我们男孩子放了学就经常在那里玩。

路尽头的那段篱笆里面就是宝庆路 3 号花园，趴在篱笆上往里看，可以看到一排两层楼的平房，灰不溜秋的。后来才知道，周宗良当年很喜欢德国人的做派，像电影《音乐之声》里的那位奥地利上校一样，对自己的孩子实行军事化管理，便特意修了这排兵营式的儿女宿舍。

知道了可以通宝庆路，弄堂里的男孩子当然不会放过，很快那段篱笆就有了个洞，我也钻进去过，因为他们说可以直通学校操场。但每次都是偷偷摸摸，还是一次也没看清过正屋等建筑，园中树木密匝当然是另一个原因了。

我们只知道，这个大花园里没住几个人。经常能够看到的是，放学时分，女仆模样的人牵着一个大孩子的手从大门进来，穿过竹廊，往花园深处走去。那大概就是徐元章了。但他从来不朝这边看，因为那块地方不再属于他们家。

直到1967年，我才第一次从大门进入宝庆路3号，在徐元章的陪同下，穿过竹廊，往花园深处走去。那时候，徐元章成了我大哥的同事，他们同在里弄加工组上班。

我大哥因为身体原因从上海中学退学，一直待在家里；徐元章则是因为读到初二不想读了而退学在家。“文革”年代，坐在家里吃闲饭是可耻的，人人都要参加劳动，于是他俩都被动员去了里弄加工组，干一天给7毛钱。

我因为是“逍遥派”，哪派也不参加，哪派也不帮，便不大去学校。因从小与大哥走得近，百无聊赖中，便跟着他去上班。里弄加工组也没啥制度，给个小板凳坐在一旁。

那个加工组在新乐路52号，对面就是襄阳公园，斜对面就是著名的东正教教堂。这是一幢联体花园洋房，虽然花园小些，也有三四十平米。主人可能在“文革”初期被扫地出门了，空房子就用来做加工组。

这个加工组开始是绕线圈做方泵的，后来很快就改做玩具了。至少我去的时候已经不绕线圈了，但名称一直没变，叫“新乐线圈组”，所以很多写徐元章的记者都以为他一直在绕线圈。

那玩具叫“六面画”，一个正方体的积木六面都贴上彩纸图案，九块积木翻来翻去可以拼出不同的图案，类似后来的魔方。

徐元章真是一个大少爷，连这样剪剪贴贴的简单活也不会干，他做出来的玩具几乎都是次品。他也毫无时间概念，几乎每天“睏失寤”迟到。

但他的人缘真的很不错，加工组的阿姨妈妈们不但不批评他，反过来还去帮助他，一开始帮他返工，后来几乎把他的活全包下来了。他迟到来不及吃早饭，她们还帮他到襄阳北路的大饼摊去买大饼油条。

当然，这大饼油条也不能白吃。吃了大饼油条，他上班的唯一任务就变成了讲故事。他从小博览群书，口才也不错，记性也好，他看过的小说，尤其他喜欢的，可以大段大段地背诵。

后来我有机会见识了他家的书架，必须承认，这是少年的我第一次看到那么大量的私人藏书。而且每本书都包了封皮，都盖上了自家的藏书章。

他的故事不但阿姨妈妈们爱听，我大哥等一些同龄人也爱听，我也哪儿都不去玩了，每天跟着我大哥上班听故事。很快，加工组的小青年里，我大哥，还有一对程氏姐弟和徐元章成了比较要好的一群人，大家听了故事不算，还缠着问他借书。

他借书很谨慎，而且诸多关照，比如只能摊开看，不要卷，不要折角，哪怕用电车票来当书签，当然更不能在书页上划划写写了。

那些书是绝对不敢带到加工组来的，怕觉悟高的阿姨妈妈会揭发。于是十四五岁的我就有事做了，做通讯员，大家轮流看，都由我居中流转，每个人手里最多停留两天，大家都靠熬通宵赶着看完。

因为他们是大人，我是小孩，所以有的书我也有一两天期限，来不及就把我的时间缩短甚至卡掉，有些书我只能见缝插针地翻翻。

送书还书大多在晚间进行，书也从不拿在手里，怕被巡逻的工人纠察队发现。都是用报纸包好后，插在前裤腰或后裤腰，再用上衣遮住。有可疑的人靠近，立即撒腿狂奔。

一开始还书，我只是说好时间在宝庆路3号大门外等，徐元章按时出来，见四周无人，便迅速交接，俨然地下党做派。

其他书我没看成，我似乎也不甚懊恼，但那部上中下三册的狄更斯的《大卫·科波菲尔》因为实在太好看了，他们看了还要议论，弄得我心痒痒的，很不好受。

我便鼓起勇气在还书时私下央求徐元章宽限些时间。

他很认真地想了想说："算了吧，就算我再给你几天，你看完了，哪怕多出半天，你也会借给你同学的，而我又不好意思老是催，这样的话，这书就得再在外面兜一圈，弄不好就回不来了，我不放心。但是既然你这么想看，我决定成全你。这样吧，你到我家来看。"

那段时间，他正好微恙在身，请着病假呢。

他便叫我每天下午两点钟等他睡好午觉再来。于是，就有了我按门铃，他领我穿过竹廊走向花园深处的一幕。

但我还是没有机会见到正屋。他带我来到一个小房间，里面只有一对沙发，长长的百叶窗下有个圆桌，墙根墙角堆着些杂物。他把书从别的屋拿来，交给我，说："你就坐在沙发上看，我在窗口画画。"

于是，他开始临摹他的静物，我开始看我的《大卫·科波菲尔》。

渐渐地，太阳光斜过去了，沙发放得太靠里面，我坐在那里光线太暗，就干脆坐在沙发前的地毯上看。

多少年后回想起来，那真是一个又一个长长的好日子。梦幻般的下午，阳光懒懒地透过百叶窗照进来，却不带进一丝外面的腥味，毕竟，这是"一月革命"后风雨飘摇的1967年啊。

我们几乎不交谈，静得像在另一个世界里。

直到夕阳西下，再也看不清书上的字了，我才依依不舍地夹上带来的电车票，把书恭恭敬敬地还到他手里，再沿竹廊走出去，回家，心里总是充满莫名的惆怅。

有时候，他会问："小爱米雷见到了她的舅舅吗?""大卫的姑妈还没出现啊?"后来我知道，他是不希望我错过任何一段精彩的篇章，未到时忍不住要提醒我一声，等过了以后又热烈地向我谈论那些精彩。这样的导读真是让我终生受益。

也许是看我孺子可教吧，我后来在他家的那个小屋子里不但读完了三卷本的《大卫·科波菲尔》，还读到了十多本其他世界名著。

徐元章也终于放心地把我带到了正屋，就是后来频频举行舞会的那个面朝大草坪的客厅。其实家具很简单，而且都是他外公离开大陆时留下的，但一看就让人觉得整洁、气派。

我当年最关心的就是那几架书，整整齐齐地摆在那里，像是几十年没被翻乱过。我曾经为此问过我大哥，覆巢无完卵，何以经历了 1966 年夏天的狂风暴雨，他家的书能保存下来呢?

大哥说，徐元章的父亲（作家徐兴业，其所著长篇历史小说《金瓯缺》曾获第三届茅盾文学奖）当年在上海教育出版社工作，巧在他既是党员，又非当权派，人缘又好，住的又是丈人家，造反派一直师出无名。

宝庆路 3 号就这样躲过了看似完全躲不过的一劫，也许它是上海在"文革"中唯一没有被查抄过的花园洋房。

那天，徐元章的兴致似乎很高，他打开落地窗，带我走出正屋，沿着篱笆在这个大花园里散了一圈步，谈的当然还是小说里的精彩。花园里也很简朴，好像不记得有什么名贵树木，只是一些冬青、黄杨、无花果、夹竹桃等等。

就是那天，我告诉他，我在他家后院上了六年小学。我还告诉他，东边篱笆上的洞是我们弄堂里的小伙伴们扒开来的。

他突然攥住我的胳膊，瞪着眼说："原来就是你这个'野蛮小鬼'啊！"接着就哈哈大笑起来。

尽管如此，还是吓得我不轻。

我一直很困惑，徐家放着那么漂亮的正屋不住，却老是住在那几间小屋里。

后来有人告诉我，一开始因为是以看屋的名义入住，也许是怕周宗良留在上海的亲戚来"贼差"，所以不敢贸然放肆。这个说法是真是假，已无法稽考。

再后来"文革"来了，徐家又要自觉地表现得艰苦朴素一些。虽然未抄家，群众监督还是真实存在过的。

所以，徐元章在这座花园洋房里真正有了些主人的感觉，可以大办舞会，频繁社交，恣肆风流，还是在本世纪初。而在当年，徐元章几乎不参加任何集体活动。

我的老相册里，有很多我大哥和程氏姐弟的照片，让我想起当年我们经常一起去游园，去拍照，也经常一起去淮海路吃小吃，但就是找不到一张有徐元章的合影。再仔细回想，那些活动，他确实几乎都没有参加。他是那种严格执行"keep your distance"的英国规矩的绅士做派，永远群而不党。

我还记得他为不想和大家一起拍照而找出的一条理由，他说他长得不漂亮，就不要吓人了。他细眼尖鼻薄唇，确实很独特。当年我们都开玩笑说他像林彪，后来林彪摔死了，我们又说，林彪就是因为眼睛太大，破坏了五官的和谐而死于非命，而他五官皆细，应是大福之相。

徐元章就是这点好，拿他开玩笑，他从来不生气，永远只是笑笑。从认识起，大家相互之间都直呼其名，只有他们叫我的小名健健，因为我比他们小六七岁。

由于我们都极其喜欢那部《大卫·科波菲尔》，我们还给他起过一个绰号，就是书中八面玲珑的管家李德默先生。他不但不生气，还补充说："什么李德默，应该是徐德默。"

我们大家说他大福之相，其实也是有所指的。

那几年，他正在热恋中，他结婚那年，正是"九一三事件"发生那年。关于他妻子的情况，都是他自己亲口告诉我们的，比如有四分之一日耳曼血统啦，比如漂亮的狮子鼻啦，又比如是跟他学画的学生啦，再比如为什么名字叫"亨义"，其实是英文"honey"的音译。这音译也真是译得古朴大气，搁现在，准是"哈妮"什么的。

在我们面前，他称她为"阿拉 honey"。一口一个"阿拉 honey 讲的""阿拉 honey 不会的"，加工组的阿姨妈妈们几乎要被肉麻得昏过去了。

我终于有机会见到过两三回"阿拉 honey"。我们两家相隔不到 100 米，因此从加工组下班，徐元章和我及我大哥是同路。我们总是一起从襄阳路转淮海路朝西，有时"阿拉 honey"就会从华亭路斜刺里走出来，然后跟他一起回宝庆路 3 号。

见了我们便大方地打一声招呼，然后分道扬镳。

我必须说，"阿拉 honey"是真漂亮，身材也惹火。无需多笔墨，想象一下香港歌星甄妮吧，区别是"阿拉 honey"的脸更圆些。

加工组的小伙伴们以及阿姨妈妈自然要他不断地交代"恋爱过程"，他也从不拒绝，用阿姨妈妈们的话来说，徐元章是出了名的"皮厚"。但我听得出，他多数时候是在当场胡编，比如什么第一次香面孔（接吻）啦。

当然有时候也有真话。

有个礼拜一，徐元章又被问到：“昨日休息，你们两个人在一道做点啥啦?”

“真的没做啥呀，”徐元章不胜委屈，“早上么睡懒觉，吃好中饭，拿本书，坐在草地上，我一句一句读给她听。”

阿姨妈妈们哄笑起来，都说他俩有“神经病”。

“哪能不带她出去荡荡马路啦?”

“哪能不请她去吃吃生煎馒头牛肉汤啦? 你怎么这么‘刮皮’，像只‘铁公鸡’喏。”

“电影么总归要看一场的呀，电影院里黑洞洞，一开场么你们又好香面孔咪。”

“哈哈哈哈——”

但我和几位他的同龄人听得无比艳羡，我甚至当即暗暗发誓，今生今世一定要谈一回“花园读书”这样的恋爱。

那一年，我十八岁，徐元章他们也不过二十五六岁。

可惜好花不常开。

认得徐元章两年后我去外地插队，再三年我大哥病故，程氏姐弟也到了谈婚论嫁的年龄。于是，我回沪探亲，也只是与程氏姐弟见几面聊聊天，间接听到一些关于徐元章的消息，比如他生了一个女儿，像她妈妈，如此而已。

我最后一次见到徐元章也已经是三十多年前的事了。

1984 年，我考进电台当新闻记者。当时我们新闻部和文艺部都在北京东路 2 号的三楼。有一次我去找文艺部的同事聊天，没想到徐元章正好也在那间办公室。

后来我知道，他与《立体声之友》节目有联系，经常给节目组推荐一些外国最新的曲目和卡带之类的。

我当然要跟他打招呼的了。

“哎，这不是徐元章嘛，你怎么也到电台来了。”

没想到他很矜持，只是欠了欠身，说了声，“哎，你好呀。”

我看得出他眼睛里的意思是别张扬我们之间的关系。

当年我跟他那么熟，我当然是不会看错的。于是我就很识相地借故走开了。

大家都称徐元章为画家，在我看来，他更像一个文学鉴赏家和音乐鉴赏家。他对文学和音乐的感觉和看法都是一流的。

至于绘画，这是他从小习得并终生练习的。

在我的记忆里，他的绘画才艺好像只出过一次风头。

那好像是1967年初吧，那时的淮海中路汾阳路口，有三四块宽四五米高十来米的特大广告牌。音乐学院围墙外有一块，面朝东北；教育学院的墙外好像有三块，面朝西北，它们的对面就是那家著名的意大利餐馆天鹅阁。

“文革”来了，广告牌上当然要画宣传画，时称“红海洋”，而且必须是领袖画像。

为此，当年徐汇区会画画的几乎都被找来挑选，哈定来了，认得出哈定是因为哈定的画室当年就开在我们中学的围墙外，几乎每天放学都会经过。

徐元章也被挑中，他负责画音乐学院墙外的那块，是个著名的“八一八”侧面招手像。我记得我还在长长的竹梯下为他递过颜料板等家什呢。

前些年，陈丹青的哪本书里好像也提到过这件事，他说他和陈逸飞都参加了当年汾阳路口的作画。但当时我只认得哈定和徐元章。

我至今还记得的一个细节是，在画快要完工的时候，他对我说："这颧骨上的一点是最后一笔，也最难，因为它是全画最亮的地方，几乎要用白色颜料。但点在哪里要精准，如果是在地面上，我一定会得站在离画一米多的地方，端详良久，然后'啪'一记点上去。可惜这里太高了，竹梯子离画面又那么近，站在梯子上眼睛离画只有一尺多，只好凭感觉了。"

当年圈内是怎么评价这几幅画的，我就不得而知了。但当年汾阳路口作画也算是个大事件，每天都有很多人围观。三四个人同时作画，也确实有当场比拼的气氛和味道。

尽管如此，我还是觉得他对文学和音乐的感觉比对绘画的感觉还要好。

我大哥告诉过我一件事。

有一次他们几个一起偷偷地听老唱片，好像是贝多芬的交响乐。放贝多芬第五交响曲《命运》的时候，只见徐元章突然站了起来，跟音乐一起律动，并对他们说："你们哪能坐得住的啦，听这种音乐么要站着听的呀。"众人愧甚。

改革开放了，他来电台为音乐节目帮忙，我觉得是绰绰有余的。

因此，我们在北京路大楼里好像又见到过几回，相互就点点头。我了解他的苦衷，他多少有点担心我的口风不够紧，我毕竟知道他太多。其实，直到今天之前，我都没怎么说起过他。

本世纪初，怀旧风最甚，因而宝庆路 3 号也貌似最红火的时候，我也没讲什么。

我只是对少数挚友提起过，徐元章无论如何算个人物。写写他拍拍他对你们自己有好处。

而且，徐元章毕竟是有恩于我的，他教会我读书，我会一直记得他，但我再也不会去打扰他了。

我一直希望他的日子能过得好，尤其是听说"阿拉 honey"带着女儿去了美国之后。

背地里默默关注着徐元章和那座花园洋房的人很多。

我妹妹其实跟他没有过任何交集，只是当年听我和大哥老是说起他，竟也一直关注着他。

前不久，我又接到她的短信："徐元章走了。"

现在大家都说徐元章是上海滩上的"老克勒"。我想，徐元章内心深处恐怕是不会认同的，我也觉得他还不能算是。

他们这一代，目睹了上海滩大户人家被逐步地赶尽灭绝，上流社会的垮塌，贵族气息的消亡，徐元章心里是很清楚的，早在他认识我之前，上海的"老克勒"已经日薄西山，复兴无日了。

皋兰路阿姨

扫一扫，有声色

与家母聊天，常常会聊到我们以前住在淮海路时的一个老邻居，我们都叫她“皋兰路阿姨”，那是因为她后来搬到皋兰路去住了。

“皋兰路阿姨”原来可是“淮海路阿姨”。

她年纪比家母略大，当年也就是30岁不到一点吧。

漂亮，鹅蛋脸，典型的东方美，说话糯糯的，带磁性，体形略略有点丰腴，但穿旗袍的样子还是好得一塌糊涂。

做派完完全全是“老上海”的小姐或少奶奶做派，雍容大方。

但也不乏精明、细致。比如拣米苋，要全部是嫩头，碧绿生青，考究得紧。

而且，人很和善，喜欢小孩，也许因为是自己没有生育过的缘故。

家母那天还说，“皋兰路阿姨”那时最喜欢我了。

好可惜，以前一直没讲过，我到今天才知道。

她的身世说来有点复杂。

她原来好像做过几年青楼女子，据说，这也是她后来没能生育的原因。

后来，她被一个颜姓的大老板赎出，做了“×奶”。

六十多年前，大陆政权交替，那姓颜的好像抛下她去了那个孤岛。

于是，她又嫁给了一个姓马的中国唱片厂的工程师。

马先生温文尔雅，风度翩翩，像煞上海滩上的“小开”，但也经常不在家。

家母那时是不工作的，于是乎，两个女人待在一起的时间很多。

家母说，“皋兰路阿姨”早上起来和临睡前，总是在那张沿墙角斜着放的梳妆台前坐很久，化妆、卸妆，一丝不苟。

更重要的是，看得出，她很享受这样的过程，兴致好得不得了。

那梳妆台后面堆满了鞋盒子。

有时，她也会打开自己的衣橱在家母面前秀一下。

家母说，印象最深的是，每套衣服旁边都吊着一个款和色都相匹配的包袋！好不奢侈。

她不缺钱，也不缺所谓的优雅。但她经常一个人，不免寂寞。

那么多年后，家母还记得她当年的一些细节。

我们家炉子上的水开了，她会一边亲热地叫着家母的名字，一边说：

“反正你家的开水多得用不了，我就用它来泡杯茶吧！”

说着真的拿起茶壶就倒。

我们家吃饭，她有时会走过来看看，然后说：

“我一个人烧饭，米少饭不香；你们人多米多，饭好香啊！我就在你们家的大锅里盛一碗来吃吧！”

说着真的去自家碗橱拿碗来盛。

这些事情，小时候看了，只觉得她好玩，个中意味是看不出来的。

当然，这跟后来上海石库门里并不少见的那些贪小便宜、偷用别人家水电的宵小之辈完全是两路人，跟那些不知分寸、动不动就会“交浅言深”“好么好过头，打么打开头”，随意介入邻家生活的凡夫俗子也不可同日而语。

“皋兰路阿姨”人还是清明平正，话也是落落大方，用我们的家乡话来形容就是“上上架子”。

但平正大方的背后有掩不住的落寞。

现在知道，她要的原来是俗世的热闹啊！

人原不必因为读过几句书、当过几天官、嫁过几天人、留过几天洋就装模做样起来，好像一与普通人打交道就会跌去所谓的“档次”。

只有根本不知“档次”为何物者才会这样去忸怩作态。

要知道，俗世的热闹里有着生命的大欢喜啊。

没过多久，“皋兰路阿姨”搬到皋兰路去了，真的成了“皋兰路阿姨”了。

母亲说，原因只有一个，那姓颜的原来也在淮海路这一带居住。所以老街坊们总是无法改口叫她“马太太”，而是继续称她为“颜太太”。

她怕马先生听了不开心。

她只有离开这个其实她非常喜欢的“黄金地段”。

母亲讲述“皋兰路阿姨”的时候，我一直在想着多年前电视里放的关于上海小姐王琦瑶的电视剧《长恨歌》。

很多“老上海”都看了一两集就放弃了，不再提起，连“恨”也“恨”不“长”。

母亲也是。

若问为什么，答案只有两个字：“不像”。

为什么不像呢？因为从作者到编剧到导演到演员，他们很可能压根儿就没见过一个像“皋兰路阿姨”那样的女人。

吴江路老板娘毛毛

扫一扫，有声色

南京西路王家沙附近的工程真是挖仔长远，总有好几年了吧。先是，石门二路改道拉直辟通了；后来，地铁 12 号线、13 号线也通了；现在，啥个“太古汇”也开出来了。许多推广文章都称它是上海美食新地标云云。我也已经去吃过几趟。

不过，如我这般，还是很难重新走近吴江路。一走近，脑海里浮现的都是 1990 年代的画面。

也是，吴江路，不光对我，对许多上海人来讲，记忆最多。讲闹猛，讲好白相，老早也是这里最闹猛，最好白相。

有一段辰光，这吴江路几乎就是阿拉电视台的“第二食堂”，平均一天一顿的都不好意思称自己是“模子”。

所以，吴江路的拆改，实在是伤筋动骨，心头一痛。

下面这篇文章就是拆改之初写的，完全是真心情。

巧了，前一向，有读者留言，说，我能不能把此文转给毛毛本人看看。那当然好了，又没什么见不得人的地方。

我顺便问了一句，离开吴江路后，她现在在哪里做，还开饭店吗？回答说，她已经处于退休状态了。

有点心酸，美人暮年，亦如壮士暮年，哪里就心甘啊。

以下是当年的原文：

老早吴江路上有爿饭店叫“吴青”，老板娘姓啥，我到现在也弄不清爽，大家都叫她“毛毛”。

有人以为“吴青”是老板的名字。当然不是，老板他本姓张，除了个头稍矮，当年也是一个好算算的帅哥。

我所了解的，“吴青”其实就是“吴江路待业青年”的缩写。

后来曾热闹非凡遐迩闻名的吴江路，当年只有掰着手指也数得过来的几家饮食摊点。

西面，只有“留香苑”，卖面条的；后来粮票取消，斜对过的米店关门了，开过一家“酒神阁”。

中段，小姑娘阿临还在步高里弄堂口卖“柴爿馄饨”呢，和对面的“小杨生煎”一样，只是临时摊点，上头检查团来了，还要来煞弗及关门落栓避风头呢。

“留香苑”隔壁弄堂里的 7 号，也卖过排骨年糕煎馄饨，好像也一直是无证营业。

东面，一家叫“静岛”，还有一家就是“吴青”。

“静岛”的老板娘姓施，是当年静安区个体户协会吴江路分会的主席。

“吴青”的缩写就是她亲口告诉我的，想来她没有编隔壁人家故事的理由。

而且，新结婚的张家夫妇当年确实没有被国家安排工作的幸运，只好自己一家门挤住在二层阁，用底楼门面开饭店。

后来，听传话人讲，毛毛对隔壁老板娘的解释有点不大接受。她本人觉得，“吴青”是“吴江路青海路”的简称。

遥想毛毛当年，美哉少妇，丰姿绰约，八面玲珑，人见人爱。

她的性格实在是好，宁波人叫“恩得得”。

我从来没见过她对客人或手下说过一句重话，自己也没有一句牢骚，“吴青”里也好像从来没起过什么争执。

偶尔也会有不良顾客，她总是忍着，敷衍着，等到那人出门走远了，才幽幽地对我们这些熟客说一句：

“哎，迭个人老怪嗰喏，是哦啊？”

顶多了。

她好像从来也不会吃力，永远站在那个低矮楼梯底下的三尺柜台里，低着头，嘴巴里不停地吩咐着，手里拿支笔，在那些菜单上划来划去，好像有写不完的大文章。

看得出，她很享受自己做的事。

那时，她闲下来也跟客人聊上几句，问问这电视究竟是个什么哩的东西。

你根本记不住她说过些什么，因为都是些渔樵闲话。

说起来她还是只“沙喉咙”呢，但好像每句话都说得很得体，行云流水，了无痕迹。

你甚至念不出她好在哪里，只有一句上海话最合适她：

“蛮适意相嗰。”

她有足够用的聪明，脑子色色清。

别人我不知道，反正我觉得，她要我会的账，永远比我想象的还要少。

早年，我不时地还加加夜班。因为编辑机房里不能抽烟，脑子实在是一团糨糊，编片子编不下去了，就到她这里来喝点小酒。

我独酌的时候，她从来不收我一分钱，也不需要我点菜，一边有商有量，一边就关照下去。

"迭能好咪，天冷，来只砂锅，再炒只蛋，侬欢喜吃蛋的呀。蔬菜还要炒哦啦，覅炒咪，一歇歇就冷忒，帮侬摆了汤里拉倒，侬欢喜么我叫伊拉多摆点。今朝吃啥酒，黄酒？要热哦啊？摆眼姜丝，豁只蛋黄？哦，覅了，也好，哎，是嘸呀，弄得复杂来兮。"

完全是自家人的腔调，一点也不见生分。

这种时候，男人其实是很享受的。

尤其是情绪低落时，我心底的心底，是极愿意把自己完全交出去的，"一切交给×安排"。

直到很后来，我坚持要付钱，她也只是象征性地收一点。

"算了，侬畀我廿块，覅烦了。"

"吴青"最适合私人小聚，当然，有时我也在那里公款招待一些远道而来的同行。

我请客的时候，她会把发票亲自送到我手里，轻轻地说一句："今朝弗好意思哦。"

不用看，那数字比平时要大出一些来。

也是，做啥啦，有捞弗捞猪头三。

真真是和气生财。

大家眼睁睁地看着"吴青"从一只楼面三四张小方台子，到自己买房住出去，开出二层阁，再到出几十万"动迁"三楼别人家，再到隔壁三楼，生意一步一步大出来。

而毛毛，还是这样"恩得得"。

说了半天，说得闹猛得不得了。

其实我敢说，十几年了，她到现在连我姓啥都不一定弄得清爽，真的。

这才像她，她是真心待人，不是真心待谁。

大兴街旧事

扫一扫，有声色

前两天，一个人在老城厢转来转去，居然走了有十五六里路，到后来转法转法竟然转到大兴街来了。

不禁自问，大兴街，我多久没来了？

屈指一算，竟有40年了！

于是，那些日子突然回到了眼前。

记得好像是1978年深秋。

我参加的那个街道里办的英语补习班9月刚起的头，不到两个月，就突然办不下去了。说是教我们的老师落实政策回大学上班去了。

“平反”是那几年的热点。

但正学到兴头上的我便一下子没了方向。

有位同学问我，你这么想学，我给你介绍一位私人教师如何？

我说好啊。

他说，那个私人教师水平绝对高，只是收费会昂贵些。

有多昂贵？

每周授课一小时，月费大洋6元。

这在当年确乎有点贵的。

当年上班族，月薪一律 36 元，绝对的绝对平均主义。

6 元就是月薪的六分之一了。

如果按现在拿 3000 元月薪来比，月费就是 500 元，每小时就是 100 多元。

想了一想，我还是咬牙同意了。

我这个人，性懒，学习就是要有人或者别的什么逼着。我又很抠门，能把一分钱的铅角子看得比人民广场还大。

所以我当时是这么想的：只要我时时肉痛付出去的这 600 个“人民广场”，我就会不停止我的学英语了。

两天后，那位同学告诉我，当晚我可以自己一个人去面试云云，随手给了我地址，陆家浜路大兴街口。

陆家浜路大兴街口，现在是一幢摩天大厦了，底层是浦发银行。

而当时，沿陆家浜路，这里是一排朝南的只有二层高的矮房子。

我的英语私人教师 C 先生就住在这里，老门牌号记不全了，只记得尾数好像是 9，推算下来，该是 1019 号？无可稽考了。

C 先生家住二楼，从一部吱嘎作响的又窄又暗的木楼梯上去，前间好像一个六角形的亭子，有两扇临街的窗，算是起居室了，后间是卧室。其实，两间加起来才十几个平方，煤球炉子只好放在门外的楼梯转角上。

需要说明的是，这样的住房条件在当年不但不算很困难，还可以忝列中等，连“中偏下”都算不上。

比起众多吃喝拉撒男女老少同在一个斗室的苦主们，很可以自慰的呢。

那天，我去得略略早了些，C 先生还在逼仄的前间里给四五个孩子补课，他年轻美丽的妻子和刚满两岁的大胖儿子则蜷缩在后间。我只好在门外楼梯转角的煤球炉边抽烟，等候。

未几，课散了。C先生一迭声道歉地把我请进了前间。

他身材魁梧，圆脸，戴黑框眼镜，有点调皮的五官，像大孩子。

我们并排坐在他家的旧沙发里聊了起来，一点也没有所谓面试的紧张气氛，倒有一见如故的感觉。

一对年庚，他只大我六岁。

临了，他说，虽然他带有十来个班，有从ABC学起的，有初级的、中级的，有专为高考复习的，也有专为出国考托福的，但好像插在哪个班里都不合适我。又是朋友所托，不好回绝我。

“这样吧，每周六晚上7点到8点，你来，我们用英语会话一小时，如何?”

当然好的。

我顺势战战兢兢地赶紧将第一个月的6元月费奉上，生怕他立刻又会变卦似的。

从那时起，每周六晚上的这一小时就成了我一周里最期待的时刻，远远超过当时正在热恋中的我对与恋人约会的期待。

与其说是师生，莫若说是哥们。

我们从英语谈到文学、诗歌、艺术，乃至政治与社会。

我那点可怜的词汇量显然不敷应付，一开始他给我提词，谈到入港处，两个男人干脆用母语高谈阔论起来，声震屋瓦地大笑。

躲在后间的年轻师母有时会在过来为我们续茶水时嗔怪丈夫：“你这是在上课么，为师的也没个为师的样子。”

会话中，我也慢慢知道，他是“文革”前一年进的邮电519厂，英语全靠自学。

待到高考恢复，他一考就进了大学。

也是血气方刚，上课时，他老是用比老师更流利更扎实的英语诘问老师，直弄到老师连课也上不下去。

据说，经英语教研组的老专家们考察研究，认为此生再从大学一年级读起，纯属浪费韶光，建议立即留校当助教，直接参加英语教学。

风光是很风光，却也留下后遗症。若干年后加工资评职称，才发现自己连大学毕业文凭都没有，补也没处补了，这是后话。

就这样，才到了要交第二个月的月费的时候，C 先生就拦住了我：

“都成好朋友了，再给钱多见外。”

我也不争，只是在告别之前，瞅准机会塞给师母。

另外，我的英语水平真的见长不少。

半年后，我偶遇那个把我介绍给 C 先生的同学，我们用英语交谈，他已经很明显地跟不上我的趟了。而就在半年前，我听他讲英语还非常吃力呢。

就在这期间，我离开了代课教师的岗位，进全民所有制企业“顶替”我母亲当了工人。

所有亲戚朋友都说我抓住了机遇。

只有 C 先生说，你最合适当老师，别的你什么也干不到那样好。

我心里很清楚，我确被他不幸而言中。尽管到目前为止，我只做了七个月的代课教师，而干了三十多年其他别的。

这就叫诤友，百年一遇。

快乐的日子总是过得特别快，转眼秋逝冬尽，春去夏来。

还是一个周六的夜晚，我刚敲开他家底楼的门，他的邻居就告诉我说：

“不好了，C 先生吐血了，面孔煞白，样子怕人得很，送到医院去了，老婆也跟去了。”

“啥辰光？啥医院？”

“就今朝吃中饭快，医院么，伊个劳保医院，邮电医院呀。”

我转身骑上车，直奔长乐路而去。

一路上，我就在想，C先生一准是累的。

白天在大学里教书，晚上还开了那么多的补习班。每周一到周六（那时没有双休日），晚上都有班；到了周日，则是上午、下午、晚上各开一班。周六还要加我的一档会话。

连轴转啊！何况他告诉过我，他曾经得过肝炎。

富是先富起来了，可是身体……他才32岁啊。

到得邮电医院，人已经被推进手术室了。

门口只有不停啜泣的师母和几个他的出国班里的学生，我还记得其中有一个是复旦的二年级生，好像姓刘，20岁了，是除我以外年龄最大的学生。

邮电519厂工会有人来过了，看到医院如此全力抢救，放心地离开了。

没有其他人。C先生一次也没在我面前提起过他的父母，我也从来没见过。

出国班的学生们告诉我，会诊颇费周折，因为两种意见相持不下，而C先生本人则已昏迷。

一种意见明显受到来自厂里的信息的影响，全厂都知道，他为了养病，习练气功多年，有过气走偏锋的记录，因此怀疑他是否又是走火入魔才吐的血。

另一种意见则怀疑他肝硬化，门静脉高压引起胃底大出血。

几小时反复争论的结果，据说是第二种意见占了上风，遂按此作抢救方案并进行手术。

这是我第一次在手术室外等候的经历，很难熬。

忙碌进出的医生护士个个一脸严肃，坚不吐实。

一旁以泪洗面的师母又是那么的无助，我第一次感到劝慰的话语比沙漠里的水还要难找。

子夜了，手术进行了八个小时了，还没有结束的迹象。

我们几个学生只好草草商议一番，决定有的送师母回家，她待着也是无益。其他人回家休息，作好轮班值夜的准备。留下小刘和我两个年纪最大的学生继续守候。

大概是 1 点刚过吧，C 先生被推进了病房。浑身插满各种管子，还没有从麻醉状态下醒来。

我轻轻地将师母交给我的 C 先生的眼镜和手表放在床头柜上，以备他醒来后像平时那样，伸手就可以拿到。

我们连灯也不敢开，生怕会吵醒他。

就这样，小刘和我，并排坐在他的床边，用很低的声音不时交谈着，等着天明。

小刘的父亲也是医生，悬壶济世几十年，到“文革”还是受尽凌辱，吃尽苦头。

没想到，一个自己当年治愈的阑尾炎病人，不知怎的，辗转到了美国洛杉矶。一俟国家开放，就通过写信等各种方法找到了他父亲，说什么也要救命恩人去美国享福，一切手续费用都由他来。

他父亲对斯人斯事早已没有半点印象。

推辞再四不过，他父亲只好说，你真有这份心，就担保我儿子去那里求学吧。

这就是他已经考入名校复旦，依然坚决要退学，并抓紧时间跟着 C 先生学英语的全部原因。

太阳升起的时候，C 先生睁开眼来。

我给他戴上眼镜，他认出了我。

我去握他绵软的大手，他也握住我的，泪珠滑落。

“好了，一切都会好的。”

赶紧叫小刘去给师母打公用电话。

第二天是星期天。

中午我们几个学生会齐后，又是一番商议。

我自告奋勇要值第一个夜班，师母想争，被大家劝住了。

“家里、孩子都靠你一个人，你要多休息。”

C先生恢复很快，管子都已拔去，可以斜倚床头，也可以低声说话了。

医生告诉我，多亏了他那一身肉，否则能不能下手术台都难说。

毕竟年轻啊，才32岁。

那夜的谈话惊心动魄，是我始料不及的。

C先生竟然说：“如果这次，我过不了这一关，你要帮我完成我的一个心愿。我跟我老婆说好了，我的所有书托你全权保管。她没读过多少书，又要拉扯我儿子，我怕她一旦难以维持生计，就会将书都卖掉。我一生没有别的财产，最可宝贵的，就是这些书了。等我儿子长大后，你再慢慢给他读。我想过了，只有你能做到，你一定要答应我。”

我当然没有答应。

那时，我已经不管他是不是我的尊师了，我正颜呵斥他太糊涂，简直是疯了。

一切都在向好，怎么可以说这样的傻话呢。

泪珠再次涌出，手也再次紧握。

几天后，又轮到我值夜。

C先生的情绪稳定多了，言语也理智，只是幽默还没完全回归。

那一夜，他又对我说，他有一桩心事未了。

“住院以来，别的补习班都散了，孩子的家长们也都能谅解。唯独高复班我有些担心呢。”

原来，C先生对高复班孩子的家长是有承诺在先的，就是确保补习后的孩子英语高考在70分（满分为100分）以上。

他就是这样一个做事从来不给自己留退路的汉子。

当然，月费也因此而提高，是42元。同样以现在月薪3000元换算，那就相当于现在的4000元了。

手不可谓不辣。

“上星期已经缺了一课，我不想这星期再缺，尽管没有一个家长有任何催促的意思。但高考是他们家孩子一生难得的机会，我不想让他们失望。我想过了，只有你能做到，你一定要答应我。”

夫复何言！尽管那时，我自己还徜徉在大学校门之外呢。

“我跟我老婆说过了，这个月的月费归你。”

我很清楚他的不想委屈朋友，但我还是再次不管他是不是我的尊师，正颜呵斥了他的糊涂。

继在徐汇中学教初中历史之后，我再次成为代课教师。

那课是在他岳母家上的。他岳母家就在一弄之隔的江阴街上。

昨天，我特地绕过去找了找——也被悉数拆没了。

再后来，他回家养病。

每周六晚上，我也不再去上会话课，怕累着他。

一天早上，我正在车间里干活，传达室来电话说，有人来找我。

出去一看，是C先生。

他已经很精神了，雪白滚壮，那笑还是那么的带点调皮，只是步履有些缓。

他就坐在我的工位旁，看我修理电视机。

当时，我每天的指标就是修复27台有故障的电视机，顺利的话，有两个小时就足够了，余下的时间都用于学英语——很值得留恋的快活日子。

我完成指标后，我俩很开心地聊天。

临走时，他拿出一个很大的包递给我。

“我的词典太多，平时也不怎么翻，闲置着也不好，我想你用得着，你拿去吧。”

一套上下两册的《综合英汉大词典》，有一尺厚。民国版的。

我不想他谢我。但那是书。都是读书人，就不好拒绝了。

他一定策划良久。

第二年深秋的时候，C先生已大好，只是还没有继续开班。

一个星期天的一大早，他把出国班的那些学生和我找了去，说是很久没聚了，想聚一聚，在一起好好聊上一天。

他悄悄给我一张10元大钞，托我去趟菜市场，说，别的随便你买，就两条：一个一定要买最大的大闸蟹，一个主食就吃面条吧。

菜市场就在对面的南车站路上。

说起来，那时的人民币真值钱，物价也真低。

半斤一只的大闸蟹卖9毛钱一斤。我一算，六个学生，再加C先生一家三口，买它10只吧，才5斤，合4元5角。

再剁上2斤肋条肉，7毛一斤，合1元4角。切一部分肉丝肉片用于小炒，其他的烧红烧肉。

至于蔬菜，买了四五样，怎么也花不去1元钱。

倒是买面条花了1元多。

那时的人食量都大，像我们这些做学生的，每人至少要吃半斤面条，那就起码是3斤；C先生一家，怎么也得1斤。宽打宽算，买个 5 斤，2 毛 1 分钱一斤的黑切面，竟花了 1 元有零。

我还买了一瓶上等的七宝大曲，9 毛钱。

九个人吃一顿好的，那张 10 元大钞，竟还有 1 元多的找零。

如此好事今安在。

回家后，洗的洗，切的切，炒的炒，热热闹闹的，师母也省心，脸上挂着笑。

当年的流行吃法是，煠过蟹的水直接下面条，味道鲜得“打耳光也不肯放”。

一阵大嚼后，5 斤面条果然吃得一根不剩，大闸蟹、红烧肉当然也如数消灭，炒菜反倒还有剩的。

出了门，我才知道，那天是 C 先生的生日。

那时的人就这样低调的。

那以后，我们这些学生，出国的出国，结婚的结婚，反正再也没见过面。

想来，结婚真不是一件什么事情，总要有好几年不跟这样那样的朋友来往。

等到一阵忙过，回头再来找时，城市早已巨变。

推土机下，记忆与旧屋俱灭；轰鸣声中，茫然与新楼共存。

本已相忘于江湖，一次漫步，又勾起了我的大兴街旧事。

『张家姆妈』

扫一扫，有声色

在上海的弄堂里生活过的人，从小到大都有一门必修课：叫人。

这门功课至少要分成两个 degree，先是叫不叫，再是哪能叫。

世俗的判断，死活不肯叫的小囡最不讨人欢喜，自家不肯主动叫大人关照了再勉强叫的小囡堪堪及格，叫是叫的总归叫得不大情愿的小囡马马虎虎，主动叫还笑嘻嘻且叫得刮辣松脆的小囡顶讨人欢喜。

我叫人从小就是上品，亲眷淘里邻舍隔壁侪讲我乖。其实，我那时也还不懂势利，也还不明事理，只是有点贱罢了，觉得叫叫人家蛮好白相的。

哪能叫，里面的讲究就多了。

从小到大，也是有层次有变化的。

一开始是不分自家人人家人的，同辈的一律叫哥哥姐姐，大一辈的一律叫叔叔阿姨，再大一辈的一律叫阿爷阿娘外公外婆。

稍大，就要分了。自家人里，除了同辈的依然不分，大一辈的不但要分出伯伯娘娘舅舅婶婶姑父姨父，还要分大小，如小娘舅、二娘娘，当然还有大姨妈。

到此为止，上海弄堂的叫品与各地农村并无差异，与一千年前乃至更早的中国人叫品亦无多差别。

这是因为农村与城市的区别、农耕文明与工商文明的区别就在于一个是熟人社会，一个是陌生人社会。

弄堂里的小囡是要从熟人社会慢慢走向陌生人社会的，而村里的孩子尤其是一千年前村里的孩子很可能一辈子活在熟人社会里。

因此，上海弄堂里的小囡再大一点，叫人就要更加细分化了。

一种是跟着大人叫。这种叫品仅限于父辈比较熟悉的邻友之间。

比如，父亲叫他月笙哥，你就叫他月笙爷叔（或月笙阿叔）。母亲叫她桂生姐，你就叫她桂生阿姨（或桂生嬷嬷）。

一种是跟着小人叫。这种叫法就更普遍了，而且不论辈分，你这么叫，你父母也这么叫，你外公外婆也是这么叫的。当然，还是在互有来往、歇弗歇要打交道的邻里之间。

比如，大头阿爸大头姆妈、军军外公军军外婆。

需要说明的是，这种叫品中间最早是有个“勒”（的）字在的，若：大头勒阿爸。慢慢地就被省略掉了，竟也不产生歧义。

至于萍水相逢，见了这次未必有下次的陌生人，叫品自然不同。

弄堂里对陌生人的叫品大致分三种：一种与住处有关，一种与籍贯有关，一种与姓氏有关。

与住处有关的有：九间头爷叔、皋兰路阿姨、三层楼老太、烟纸店老爹、弄堂口小皮匠等。

后来，有石库门作平台，再经上海独脚戏演绎，还有了客堂间阿奶、西厢房娘舅、亭子间嫂嫂、三层阁好婆等等。

与籍贯有关的有：卖花生的么叫声老山东，做裁缝的么叫声小绍兴，喉咙咣咣响的么叫声老宁波，卖栀子花的么叫声小苏州，剃头店的么叫声小苏北。

有趣的是，其中的有些陌生人渐渐变成了熟人，上面两种叫品却始终不变。

为啥？

“叫惯了呀。”

还有一种叫品是直接与姓氏有关的。这种叫品涵盖一切陌生人，也最具有距离感。

比如：张家姆妈、李家伯伯。

当然，上海滩上还有所谓更上“档次”的叫品。

比较西式的叫先生、女士、小姐、太太。

比较传统的则叫张公、李老、王兄；上辈人马叫老太爷、老太太，呼儿辈则为公子小姐。

“文革”中，我去闵行看望家父，同宿舍的叔叔们都这么招呼：“三公子来了啊！”

传统的也有叫先生的，一般只对看病的和教书的。

我外公生前在弄堂里被很罕见地叫做“金先生”，就因为他以前在宁波乡下当过小学校长。

这么多叫品里面，我以为最上海的，也是最具现代城市文明的还是那一声“张家姆妈”。

当一个人被扔进陌生人社会，无异是缺乏安全感的。于是，在叫品上沿用原来农村熟人社会那一套，如哥啊姐的、叔啊姨的。一个是未脱依赖感，独立性尚未达成；一个是未脱恐惧感，坚韧性尚待塑造。

但你毕竟最终还是要融入这个陌生人社会的。所以，“套近乎”的叫品看似是一种亲近，其实是一种抵触。

而且，在陌生人社会里，交浅言深无疑是社交之大忌。

情绪好时，被叫做哥姐叔姨都无妨；情绪差时，心里难免要骂一声，“谁是你的哥！”

上海滩有一句俚语，叫做“好（么）好过头，打（么）打开头”。就是对这种融合的总结。

我们这一代人刚踏上社会时，父母都会有这样的交代：

“讲得拢多讲两句，讲弗拢少讲两句。对随便啥人侪要好，也覅忒好。覅到辰光好（么）好过头，打（么）打开头。”

那年头，闺蜜死党都是不作兴的事体。

大家都知道，知己难求。因此到处吹嘘自己朋友多的人是要被看不起的。

无独有偶，西方人也是很讲距离的。

那个关于豪猪的故事很有名。

鲁迅曾经在自己的杂文《一点比喻》中，引用过叔本华的一段话：

有一群豪猪，在冬天想用了大家的身体的温度来御寒冷，紧靠起来了，但它们相互即刻又感觉刺的疼痛，于是乎又脱离。

然而温暖的必要，再使它们靠近时，却又吃了照样的苦。

但它们在这两种困难中，终于发见了相互之间的适宜的间隔，以这距离，它们能够过得最平安。

人们由于社交的要求，聚在一处，又由于各有可厌的许多性子以及尴尬的缺陷，再使他们分离。

他们最后所发见的距离——使他们得以聚在一处的中庸的距离，就是“礼让”以及“上流的风习”。

有不守这距离的，在英国就如许叫，“Keep your distance!”

西方的现代城市文明比我们发育得早，因此他们先碰到了豪猪式的尴尬。

在中国，上海无疑是现代城市文明发育得最早的地方，也是最早遭遇文化冲突（cultural conflict）、最早开始文化融合的地方。

就叫品来说，各种传统的、西方的、天南海北的一下子聚集到弄堂这方小小的天地里，也产生过激烈的碰撞，产生过去粗取精、优胜劣汰的磨合，最后，那些过时的、带有地域色彩的、过于洋派的叫品都取代不了别的叫品，有的逐渐边缘化。

只有“张家姆妈”这样很有距离感又不乏亲切的中性叫品越来越被认同，到 1960 年代，这种“上流的风习”几乎要脱颖而出。

可惜的是，天不假时。尽管上海最早发育现代城市文明，毕竟只有一百多年。弄堂叫品的自然融合过程来不及完成甚至来不及成型就很快被粗暴打断。

上海话的命运亦如此，也没来得及完成融合甚至成型。

回到叫品。

1970 年代以叫“同志”为时髦，1980 年代以叫“师傅”为时髦，1990 年代以叫“老板”为时髦，21 世纪以叫“老师”为时髦。

作为对标准叫品的抗争，在民间再度活跃起来的竟然又是农耕时代熟人社会的那一套，哥啊姐的、叔啊姨的，甜得发腻。

这样的时候，我多么希望当我拐进一条幸存的石库门弄堂的时候，能从后门灶披间里传出一声邪气有味道的“张家姆妈”啊。

上海话

上海话里的『三字经』

扫一扫，有声色

这篇文章，在网上有很多版本。

不仅有文字的，还有音频的。那些版本的共同点是，就是不写作者的名字。

若问作者是谁？正是在下。

我写此文时，前面有一段讲大宁的，其他版本都不用。而且名词和形容词是分成两篇的，其他版本都把它合了起来。

另外，此前，我从来没为此文录过音。

那今天就来录它一录。

言话还得从十多年前讲起。

那时，市北的大宁地区刚开发，开发商很愿意听听各方意见，我居然也成了被邀请对象之一。为自己家门口的重大项目说点想法，本来也是我很乐意做的事，于是便去见了一见。

那开发商是个香港女人，总有五六十岁的样子，喉咙哑哑的，看似疲惫，精气神十足。早年她参与过新天地的开发，很有些经验，今天大宁商圈的成功依然与她分不开。

其实，就是一场闲聊。闲聊中，我曾经问起，卢湾那个叫“新天地”，这里将来会叫个什么名字呢？

记得她告诉我，取名不归开发商主导，是当地政府的事。

后来的名字大家都知道了，叫“大宁”，后面“国际”两字彰显的是级别，就像各地的开发区，怎么地也要加上“国家级”的头衔，如能“国际”就更好了。

现在大宁商圈确实人气很足。但我一直不确定大家在口头上是怎么称呼的。“到大宁去？”“到大宁国际去？”还是别的什么？

反正我是觉得有点不顺口，当时我也曾向那个开发商提出来过，既然她无法主导，当然也只能不了了之。

作为一个老上海，我觉得上海人讲地名，最顺口的是“三字经”。朗朗上口，又容易传播。事实上，留下来的老地名几乎都是三个字的：

曹家渡、静安寺、徐家汇、土山湾、大八字、杨树浦、城隍庙、杨家渡、王家沙、洋泾浜、泥城桥、八仙桥、小东门、老西门，还有卢家湾、陆家嘴、朱家角。

上海人不光讲地名欢喜“三字经”，讲辰光也欢喜用“三字经”。

上午叫“**上半日**”，下午叫“**下半日**”；白天叫“**日里向**”，中午叫“**中浪向**”，夜晚叫“**夜里向**”；清晨叫“**老清早**”，黄昏叫“**傍夜快**”；从前叫“**老底子**”，将来叫“**朝后去**”；开始叫“**头起头**”，接着叫“**后手来**”，还有**上礼拜、下礼拜、大年夜、年初一**，如此等等，不一而足。

这真是，“从前的日色变得慢”，足够我们多讲一个字，足够我们讲“三字经”。

我们上海人讲到自己住的地方，也欢喜用“三字经”。

一逮东西向的联排屋，东笃底叫“东山头”，西笃底叫“西山头”；一排三个单元叫“三间头”，一排九个单元叫“九间头”；单元里面再分前房间、后房间、前天井、后天井、东厢房、西厢房、三层阁、亭子间、灶披间、马桶间、后楼梯、后阳台。

连房间里摆的家什，也欢喜用“三字经”来称呼。

五斗橱、夜壶箱、八仙桌、写字台、长板凳、方矮凳，小矮凳、竹交椅、三泡台、梳妆台、玻璃橱、博古架。

住在一起就会有交往，见人首先要打招呼。打招呼里也有很多“三字经”。

老上海人讲“侬好”总归要拖一拖音，显得客气点，如“侬好呀——”

讲“再会”也要讲“三字经”。

弄堂里，日日低头不见抬头见的邻舍隔壁，一般讲“晏歇会”，就是过一会儿再见的意思。这种讲法实在是妥帖得很，邻舍隔壁嘛，刚刚大门口买小菜回来碰着，讲忒两句，如果一本正经“再会”，说不定隔忒一歇歇，后门口生煤球风炉又碰头了。只有“晏歇会”最恰如其分。

如果约好了下次的碰头辰光，那就“明朝会”“后日会”，年前散伙则讲“明年会”或“开年会”（不是召开年终大会!）。

生活当中，吃不准的事情总归比吃得准的事情多得多，所以上海人还有一句万试万灵的“改日会”。改到哪一日？“大舞台对过——天晓得”。

“改日会”还有一个功能，就是缓兵之计。头一天谈的事情谈不拢，也不想再谈下去，大可送客出门，道一声“改日会”，一点也不伤和气。

弄堂里的相互称谓中，也是“三字经”的多。

比如，**小苏州、老山东、小皮匠、老裁缝、新嫂嫂、老爷叔、新倌人、新娘子、过房爷、过房娘、小懂经、老克勒、小诸葛、老娘舅。**

小朋友之间起个绰号，也有“三字经”。

如：**大块头、斜扁头、铲扁头、小眼睛、塌鼻头、大嘴巴、烂苹果。**最好玩，眯起眼叫“**睏弗醒**”或者“**天弗亮**”。

至于上海的詈语中，“三字经”就更多了。

什么**臭瘪三、小赤佬、十三点、神经病、戆棺材、寿棺材、老不死、小菜皮、阿木林、馋痨胚、小赦乱、轻骨头，**等等。

当然，任何事情都有例外。

正如英谚所说：Every rule has its exception。

比方讲，上海的地名里，人民广场和龙华从来不是“三字经”，上海人过年的问候语也一直是四个字“恭喜恭喜”，石库门房子里还有“前楼”，只有两个字，家什里还有“大橱”“沙发”，也都是两个字而不是“三字经”。

上海人的形容词里，“三字经”也有很多很多。

今天，我也只能从中选择“ABB”和“AAB”型的一些来讲。

比如讲到颜色，就有：

血血红、蜡蜡黄、碧碧绿、雪雪白、墨墨黑；

红彤彤、黄哈哈、绿莹莹、白塌塌、灰扑扑、黑绰绰。

再比如讲到光亮的有：

锃锃亮、暗绰绰。

又比如讲到形状：

老老大、咪咪小、圆嘟嘟、方笃笃、尖削削、长幺幺、习习薄、厚乭乭、贼贼粗、习习细；
胖墩墩、福耷耷、瘦刮刮、矮端端；
笔笔挺、糊哒哒、实别别、扑扑满。

讲到味道：

甜咪咪、咸兹兹、辣蓬蓬、酸叽叽、淡呱呱、苦叽叽、香喷喷、臭噱噱、喷喷香、贼贼臭。

讲到触觉，那就更多了：

热哄哄、瀴乭乭、哒哒滚、冰冰冷；
嗒嗒滴、粉粉干、滴滴滑、潮扭扭、黏嗒嗒、油叽叽、干敷敷、湿嗒嗒；
硬邦邦、软乭乭、烂塌塌、僵嘎嘎、韧纠纠、老结结；
绸披披、毛剌剌。

讲状态的有：

急吼吼、慢慢叫、慢吞吞、笃悠悠、紧绷绷、蓬蓬松；
神抖抖、鬼戳戳、魁嗒嗒、瘪缩缩、皮塌塌、骱嗒嗒。

讲人的神情的：

痴嗒嗒、木噱噱、浑淘淘、昏咚咚、虚扑扑、懒拖拖；

显甲甲、野豁豁、骚叽叽、花嚓嚓、寿噱噱、戆嗒嗒；
嘲叽叽、醉醺醺、吓丝丝、吓咾咾。

还有很多，一时无法归类，一并列在后面吧。

直别别、硬支支、偷偷叫、迓迓叫；
碰碰响、色色清、老老远、眼眼调；
煞煞齐、碌碌乱、乱桀桀、别别跳、笃笃转、头头转；
一刍刍、一眼眼、一歇歇、两借借。

有一些很难归到形容词里去，就不收入我的形容词“三字经”了。

比如：**貌估估、洋泡泡、痒兮兮、笑嘻嘻、蓬嚓嚓**等。

还有一些，其他方言里都有，没有很明显的沪语特色，也不列入其中。

如：**轻飘飘、灰溜溜、干巴巴**等。

这样的“三字经”，由于生动形象，不胫而走，恐怕是当下沪语中最活跃的一部分呢。

再活跃，也还是要记下来，否则也还是容易消散。

上海话里的『洋泾浜』

扫一扫，有声色

上海洋泾浜英语，向来令人喷饭。

先说三个比较老的例子，大概发生在百把年前。

有一个管家陪主人逛城隍庙，主人指着炮仗，问这是何物。

管家不知炮仗的英文名，便拆开来说：

“Outside paper，gun power，make fire。”接着又加了“嘭嘭嘭砰砰砰”六个字，主人竟然也明白了。

有一个厨师报告主人，厨房里老鼠太多，而猫抓老鼠的过程中，打碎了好多杯碟。他是这样说的：

“吱吱 too much，咪咪 run run，扑落打碎 cup。”

最要命的是一位第一次来见工的男厨子，他想把自己对工钱和食宿的要求告诉女主人。

他的要求是，月薪 20 元，吃东家的，住东家的。他是这么说的：

"Twenty dollar one month, eat you, sleep you。"

女主人的面孔也红了起来。

用品方面的洋泾浜更多。

锁么就叫"**司必灵**"(spring)；

电线插座叫"**扑落**"或"**插扑**"(plug)；

老式日光灯里面，除了方泵，还有一只物事，叫"**司答脱**"(starter)。

还有，揩脚踏车用的棉纱叫"**回丝**"(waste)，一开始还以为是回收利用的丝呢。

装潢方面也有一些。

比如，家具都要涂"**泡力水**"(polish)再上"**腊克**"(lacquer)，其实就是香蕉水和清漆；

阳伞柄么要上"**克罗米**"(chromium)的；

马桶间么当然要铺"**马赛克**"(mosaic)，怎么也料想不到，几十年后，竟铺到人的身上和脸上去了；

大门外的踏步么要铺"**水门汀**"(cement)。

吃的方面最多。

众所周知的就忽略不计。

还记得小时候家里总归要买"**牛轧糖**"(nugget)和"**求是糖**"(juice)，后者其实就是水果糖。

穿的方面，我一直知道很多面料的名称都是译音。

比如"**派力司**"(palace)，是一种制夏装用的薄花呢。

"**雪纺**"(chiffon)就是一种绸而已。

至于“**开司米**”(cashmere)，知道的人多些，就是羊绒。

但是，万万没想到的是，竟然还有很多是我不知道出处的。

我一直以为它们是纯粹的“老上海话”。

而且一联想起来，还特别搞笑呢。

比如，开发票要写个“**抬头**”吧，竟是 title!

“**肮三**”，原意很差劲，竟是 on sale，要大贱卖的货色啊?

听话听音，叫做“**接翎子**”，竟是 leads，人家让你怎么理解就怎么理解的意思?

“**轧**朋友”的“**轧**”，是 get!

还有更发噱的呢。

“发**嗲**”的“**嗲**”，竟从 dear 过来，装亲爱的?

聊大天叫“**嘎讪胡**”，竟是 gossip!

最绝的是“**发格**”，就是发脾气的意思。

你猜从哪里来?

Fuck!

我要“发格”了！原来是急得要骂娘啊。

那些年，我们起过的绰号

扫一扫，有声色

一写下题目，就自觉太大了。

那些年，我们起过的绰号，谁能穷尽？

因此，事实上，我只想写那些很大路的绰号，大路到几乎每个班级、每个弄堂都会有一个的程度。

“大块头”，每个班级至少有一个吧。

说来也辛酸，“大块头”能够成为绰号，盖因那些年家庭贫寒、缺乏营养的孩子多，想吃成“大块头”而不得。

物以稀为贵嘛，“大块头”遂堕落成了绰号。

“眯起眼”。

那些年，要么因为家长们不够开化，孩子有了近视不管不顾；

要么因为配副眼镜加验光很贵，能拖则拖，能免则免，孩子只好眯起眼睛看黑板。

不管你长得多高，“眯起眼”们都会从最后一排逐渐调到第一排，再不行，讲台旁边搭“加座”。

“四眼”。

在下的绰号就是“小四眼”，因为班级里还有一个“大四眼”。

那些年，戴眼镜的始终是少数，所以一戴上就有绰号。

哪像现在，一到高中、大学，全班要找个不戴眼镜的反而更难。

不知道那个唯一不戴眼镜的会不会有个“两眼”的绰号呢？

“外国人”。

那些年，鼻梁高的同学都会被叫做“外国人”。

与“外国人”相关的是“**鬈毛**”，头发天然鬈起来的那种。

烫头发就是“资产阶级生活方式”了。

与“外国人”相关的还有“**洋娃娃**”。

不管男生女生，只要长得大眼睛高鼻头小圆脸，都叫“洋娃娃”。每个班级也会有一个吧。

可爱的却又不像外国人的叫“**嗲妹妹**”，也是每个班级的标配。还有专门的童谣咪：

嗲妹妹嗲妹妹嗲得咪，
嗲妹妹要吃好小菜，
嗲妹妹啦姆妈烧弗来，

哆妹妹只好吃白饭。

酸溜溜的，不无妒忌。

侬比我漂亮，但侬吃不到好小菜，哼。

“烂苹果”，这是女生专利吧。

通常是很健康的女孩子，两颊红晕长期不褪。

当然，也有因冷天生“冻瘃”的缘故。

“碰哭精”，这也多半属于女生。

从小家里娇生惯养，而学校一如丛林，弱肉强食，适者生存，受不了的只有一碰就哭的份儿了。

“小六子”。

那些年不但没有计划生育，而且鼓励“光荣妈妈”。

一般的家里都有四五个孩子，六七个的略少，于是也堕落成绰号。

阿拉班里有个“**大八子**”，第八个是儿子，不是铜像，家里宝贝得不得了，所以改小为大。

阿拉弄堂里还有个“**小九妹**”，听说伊拉娘生了九个侪是姑娘，结果变神经病了。

“扁头”，也很普遍吧。

小辰光睏觉不当心，后脑勺睏得煞平。其实主要是缺钙。

极端平的叫“**铲扁头**”，侧平的叫“**斜扁头**”。

“芋艿头”。

头形刮啦哩嗰滚圆，虽然招人喜爱，亦不免沦为绰号。

其最高级是“瘌光芋艿头”。

需要指出的是，“咣啷头”似不在绰号之列。

它是男孩子的代称，例：伊拉屋里厢四个小人侪是“咣啷头”。

“跷脚”。

那些年家长们医学知识欠缺，或者工作家务太繁忙，孩子发高烧往往不及时送医，引起抽搐痉挛而形成的“跷脚”很不少，不至于每个班级都有，我看每个弄堂都会有一个。

又叫“**阿跷**”，雅称“**华侨**”。

“小辫子”。

那些年，很多家庭怕男孩子不易养大，流行当他女孩子来养。

取名么叫“什么什么芳”啊，脑后替他留根小辫子啊，不一而足。

其实，往往上学时，小辫子已经剃掉，也没用，从小叫惯了，被从弄堂里带到班级里。

“汏鼻涕”。

那些年总有不怎么在乎个人卫生的小伙伴不幸中招，每个班级也都有吧。

还有“**小黑皮**”，恐怕也是每个班级都会有的吧。

理由不赘。

籍贯也常被拿来起绰号。

如“小苏州”“小宁波”“小江北”。以前上海足球队左前锋丁隆发的绰号就叫“小江北”，一直叫到三十几岁。

另外，有“大块头”就有“柴爿”；

有“长脚”“长脚鹭鸶”，就有“小矮子”“矮冬瓜”。

还可以有一些，不再在此列举，欢迎补充。

我并不认为那些年起绰号很邪恶，好像是校风使然，民国年代就有的吧。

我也被起绰号，也给别人起绰号。因此，没少在每周六的少先队民主生活会上作自我批评。

但绰号往往如影随形，跟你半辈子，别人作再多的自我批评也无济于事。

那我只好在这里向那些年被我起过绰号的小伙伴们说一声抱歉了。

上海弄堂童谣小全

扫一扫，有声色

整理了 33 首上海童谣出来，以飨曾经是儿童的人们。因为现在的儿童大致已经不知道如下为何物了。

小三子，拉车子，
一拉拉到陆家嘴。
拾着一包香瓜子，
炒炒一镬子，
吃吃一肚子，
哧哧一裤子，
到黄浦江边解裤子，
畀拉红头阿三看见仔，
拖到巡捕房里罚角子。

小弟弟小妹妹跑开点，
敲碎玻璃么老价钿。

蜜蜂叮瘌痢，
瘌痢背洋枪，
洋枪打老虎，
老虎吃小人，
小人抱公鸡，
公鸡啄蜜蜂……

山里有只庙，
庙里有只缸，
缸里有只碗，
碗里有只蛋，
蛋里有个小和尚，
嗯啊嗯啊要吃绿豆汤。

从前有只庙，
庙里有个老和尚，
老和尚来搭小和尚讲故事：
从前有只庙——
（周而复始以至无穷）

从前有座山，叫做黄坤山；
山浪有条路，叫叽里咕噜；
路边有只庙，叫莫名其妙；
庙里有只缸，叫四大金刚；
身浪有把剑，叫做看勿见；
来了两个官，一个叫笔套管，一个叫痰盂罐。

山浪有只老虎，
老虎要吃人，
拿伊关了笼子里。

笼子坏忒，老虎逃忒，
逃到南京，买包糖精，
摆了水里浸一浸，
美国赤佬拉胡琴。
昂里昂里昂……

唧唧唧，骑马到松江，
摇摇摇，摇到外婆桥。
外婆看见，
叫我好宝宝。
糖一包，果一包，
外婆买条鱼来烧。
头勿熟，尾巴焦，
盛了碗里吱吱叫，
吃了肚里发虎跳。
跳啊跳，
一跳跳到卖鱼桥，
宝宝乐得哈哈笑。

一箩麦，两箩麦，
三箩开花拍大麦，
劈劈拍，劈劈拍。

大头大头，下雨不愁。
人家有伞，我有大头。
（宜用苏北方言念）

本来要打千千万万记，
现在辰光来不及，
马马虎虎打十记，

一、二、三、四……

笃笃笃，卖糖粥，
三斤胡桃四斤壳。
吃侬个肉，还侬个壳，
张家老伯伯，
问侬讨只小花狗。

从前有个老伯伯，
年纪活到八十八，
跑到八仙桥，
买碗八宝饭，
洋钿用忒八百八十八块八角八分八厘八毫八。

落地开花二十一，
二五六，二五七，
二八二九三十一；
三五六，三五七，
三八三九四十一，
……
九五六，九五七，
九八九九一百一。

一歇哭，一歇笑，
两只眼睛开大炮。
一开开到城隍庙，
城隍老爷哈哈笑。

赖学精，白相精，
书包掼了屋头顶，

看见先生啊要难为情！

三三三，
阿拉侪是木头人，
勿许哭来勿许笑，
还有一个勿许动。

汤司令到，
热水瓶爆，
机关枪扫，
癞蛤霸跳。

弟弟疲倦了，眼睛小；
眼睛小，要睡觉。
妈妈坐在篮边摇啊摇。
盎盎——
我的小宝宝，
安安稳稳睡一觉。
今天睡得好，
明天起得早，
花园里面去采紫葡萄。

我的一个臭屁，震动了大地。
大地的人民，拿起了武器，
赶走了美帝，驱散了臭屁。
（宜用国语念）

同志们，捉牢伊，
投机倒把贩卖烂山芋。

一张床，两个人，
散（三）散心，试（四）试看，
焐（五）心勿焐心，
落（六）弗起，吃（七）弗消，
拔（八）弗出，叫救（九）命，
医生来了实（十）在有点难为情。

屁是人身之气，
哪有不放之理，
伊经过肛门提炼，
散放出玫瑰香气。
放嗰人扬眉吐气，
听嗰人惊天动地，
闻嗰人心旷神怡，
吃嗰人津津有味。

侬姓啥？我姓黄；
啥个黄？草头黄；
啥个草？青草；
啥个青？碧绿青；
啥个笔？毛笔；
啥个毛？三毛；
啥个山？高山；
啥个糕？年糕；
啥个年？
19××年，倷姆妈养了个小瘌痢。

索拉索拉多拉多，
倷个阿爸开汽车，
轧煞一个老太婆，

罪过罪过真罪过。

炒，炒，炒黄豆，
炒好黄豆翻跟斗。

冬瓜皮，西瓜皮，
小姑娘赤膊老面皮。

哎哟哇啦——
做啥啦？
蚊子叮我呀——
快点上来呀！

学人家样，烂肚肠。
花花剪刀剪肚肠。

今朝礼拜三，
我去买阳伞，
落忒三角三，
打只电话三零三，
回去做瘪三。

嗲妹妹嗲妹妹嗲得味，
嗲妹妹要吃好小菜，
嗲妹妹啦姆妈烧弗来，
嗲妹妹只好吃白饭。

落雨喽，打烊喽，
小八腊子开会喽！
大头娃娃跳舞喽！

新剃头，要打头，
弗打三记触霉头。

厨房间里的上海话动词

扫一扫，有声色

厨房间么，本来就是做生活的地方，属于动作片的范畴。

不过，相信现在有很多上海人，厨房间里的动作好做，厨房间里的动词好讲，真正要写出来，就烦难了。

比方讲，今朝要烧红烧肉，冰箱里有两三袋冻肉，用哪一袋呢？

老婆发声音了，今朝又没客人来，拿袋小的。

断命，大小差不多的啦。

老婆不开心了，侬死人啊，拿手 deng deng 分量看呀。

晓是晓得的，deng 分量就是掂分量，不过一个 deng 字写弗出，弄僵了。

有人就考证了，说此字写作“敁”。

《广韵》《集韵》：敁敠，称量也。

《类篇》：敁掇，以手称物。

现在多写作“掂分量”，准足一点讲，应该叫做“敁分量”。

有了荤菜，没素菜也不来赛。

老婆又发声音了，早上超市里买了一斤刀豆，蛮嫩嘅，侬相帮 die 一 die。

又弄僵，一个 die 字写不出。

于是，有人又考证了，这个字写作“扚”。

《广韵》：都历切。《集韵》：丁历切。

《说文》：疾击也。《扬子·方言》：揄取曰扚。

“扚”字在上海言话当中的意思是“一记头弄断忒”。

有荤有素，主食吃点啥呢？

葱油饼！不晓得啥人脱口而出。

灵嘅灵嘅！老婆欢喜嘅。那么快点 nio 面粉呀，面粉要发一发的呀。

面粉屋里倒现成就有，这 nio 字就不晓得哪能写了。

有人又考证了，这个字嘛，写作“搙”。

《篇海》：昵角切，音搦。手搙也。

搙面粉，北方人讲“揉面”，上海言话叫“搙”。

上海人不但搙面粉，腌咸菜也是要一面摆盐一面搙的；汏衣裳也要水里搙搙伊嘅。

搙面粉的辰光，老婆准备切肉，第一刀下去，不爽快，原来刀有点钝了，又发声音了。一根棒头拿过来，让我一把刀 xia 忒两记。

xia 刀磨剪刀，弄堂里听倒听见过的，写还是写不出。

于是有人又考证了，这个字写作“碬”。

《广韵》：胡加切；《集韵》《韵会》《正韵》：何加切，并音遐。

《说文》：厉石也。即磨刀石，或在石上磨。

不过，一句“碬刀磨剪刀”，苏北口音蛮重的。

好像还有说把刀 bi 一 bi 的，bi 字也写不出。

只好再请人考证。这个字写作“鐾”。

《康熙字典 · 戌集上》“金字部”：鐾（《字汇》补）音避。

治刀使利也。

侬看，小菜还没开始烧，已经轧牢五记了。

烧起来还要不得了呢。

有的么，水里先要煠（za）一煠；

有的么，油里先要煸（bi）一煸；

有的么，油里先要汆（ten）一汆；

有的辰光要长一点，好好叫𩞄（du）一𩞄。

为啥是“𩞄”？

有人又考证了。

《集韵》：徒谷切，音牍。

《玉篇》：粥也。所以烧粥叫𩞄粥。还有𩞄赤豆汤、𩞄蹄髈，要么“腌𩞄鲜”也是这个“𩞄”不成？

最后烧只汤，汤烧好就好吃饭了。

烧汤也蛮烦的。

水摆得忒多了么，要到水斗里去“滗”忒一眼。

等汤滚了么，还要摆调料，上海人叫 ge 味道。

又搁牢。ge 字写弗出。

有人又考证了，叫做“滒”。

《唐韵》：古俄切。《集韵》：居何切，并音歌。

《说文》：多汁也。《广韵》：滒溏淖也。混合调味的意思。

总算老婆表扬了：唔，今朝只汤味道滒了好嘞。

刚想得意，老婆又问了，搿么还要 za ni 否啊？

只好继续搁牢。

还是要看看别人的考证结果：

着粱。北方人叫“勾芡”，上海言话叫“着粱”。

粱，《集韵》：乃计切，泥去声。糟浓者。

喂，红烧肉香是很香，侬也不要太馋痨，一歇歇就去揲（xiao）镬盖，一歇歇就去揲镬盖呀，味道都跑掉了。

今朝一桌小菜烧得邪气崭，馋得我舌头也 tai 出来了。

呃……

不卖关子了。

甜，《广韵》：他酣切；《集韵》：他甘切，犬音聃。

《广韵》：舌吐也。《集韵》：舚甜，吐舌貌。

好了，开饭。

老婆发声音了，今朝表现蛮好，还不快去开瓶酒！介好小菜么，老酒总归要泹泹嘞呀。

啥？这红酒有点浑？这有啥关系啦，先倒在醒酒壶里濎（ding）一濎。

不过，酒么还是少吃些。红酒一杯足矣。覅吃了红酒还要再开两瓶啤酒嗰嗰嘴巴。

覅骨头轻，千万覅只顾一家头穷吃阿二头，要会得帮老婆搛菜。

饭吃好了么，还要晓得主动汏碗。一只辣酱瓶今朝正好吃空了，别忘了放点水进去湖湖清爽。还好派其他用场。

还有味，饭后要吃水果的，汏好碗还要帮老婆大人椠（qi）一只生梨。

椠皮不要椠得太厚，这点生活都做不好，侬有得被你老婆“椠头皮”了。

顺便说一句，上海俗语“椠爷娘头皮”的椠也是这个椠。

总之，我倾向于相信这些看似很古老的正字。我觉得人类自钻木取火以降，在灶头上的渔樵闲话远比什么秦皇汉武、唐宗宋祖悠久得多。流传不广，一是几千年来识字不普及，二是识字的又听了孔夫子的“君子远庖厨”，才造成了今天“识讲不识写”的局面。

过年讨口彩的菜式

扫一扫，有声色

过年，讲到底，就是过一张嘴巴。

吃得不开心，恐怕整个人就都不好了。

也有人说，吃来吃去，也就这几十样东西，重复次数太多也乏味。

这过年，至少也有两千年的历史了吧？也许，我们的祖先早就意识到了这一点，煞费心思地几乎给所有过年吃的食物都取了吉利的名字，又吃又讨口彩，心情于是大好起来。

余生也晚，只好不揣浅陋，将我听到过的上海的口彩罗列如下，难免挂一漏万。

这过年吃的，分菜肴、点心和果馔，允我慢慢道来。

先说小菜。

红烧肉是必备的。浓油赤酱，据说寓意“鸿运当头”。

红烧肉里要摆“焐头”，最常见的是水笋和酱蛋。水笋么寓意

“节节高”。酱蛋的寓意有点复杂，一种说法是“只有吃了肉里的蛋才算长了一岁”，不甚懂；还有一种说是“传宗接代”的“代”，寓意多子多福。

鱼的口彩恐怕知道的人最多，那就是“年年有余”。

既然要“年年有余”，除夕夜的那条鱼就只能看，不能吃，吃了就“余”不到明年了，而“年年有余”是要今年有余明年也有余啊。

不过，年夜饭不吃鱼也说不过去，幸好民间智慧有的是，前些年市场上还有年糕粉做的鱼卖，甚至还有木头做的鱼卖，有的干脆连盘子一起整体出售，就是为了解决这个难题。把年糕鱼和木鱼往桌上一放，不去动它（也没人会去动它），桌上其他的鱼菜就可以放心大嚼了。

其实，过去的荤菜无非鸡鸭鱼肉蛋，现在才有了更多的海鲜类的选择。因此上，倒是素菜的口彩更多更闹猛。

先说一个典型的上海冷盆：四喜烤麸。

也许你做梦也想不到，它的寓意竟然是“靠夫”，希望屋里的当家人或“顶梁柱”来年顺顺溜溜。一些女权主义者或拉拉们也许不高兴了，我们靠自己！那就别吃烤麸了。我相信烤麸本尊也没想到这世界变化这么快，几千年的“人见人爱”瞬时熔断。

四喜即四样“焐头”：一般是香菇、金针菜、黑木耳、花生米。花生米寓意“生生不息”，多子多孙。按侯宝林老先生的意思，花生还是“花搭着生”，品种多样，有男有女。这与当下的二胎政策倒十分应景，愿意怀二胎的人家，今年将大嚼其花生了。

金针是金条，木耳是蝴蝶，梁山伯与祝英台，赞美爱情。香菇是什么口彩？我也不知道。求教于识家了。

黄豆芽也是沪上年夜饭必备菜肴，因其形状像如意而被称为

“如意菜”。年三十的黄豆芽炒不炒油豆腐？莫衷一是。据说有些人家有点忌讳豆制品，当然也有人家是“姜太公在此，百无禁忌”。

还有一样蔬菜也是年夜饭桌上必不可少，那就是塌棵菜。塌棵菜炒冬笋，塌棵菜炒肉丝，塌棵菜炒年糕。

为什么是塌棵菜？据说老早穷人家多，好不容易过个年，总是希望早日脱离苦海。“脱苦”，塌棵也。

沪上滑稽名家王汝刚先生还有一种解读：因为塌棵菜菜叶小，菜秆或叫“菜头”大，菜头即“彩头”，老早唱戏的人最喜欢大家多喝彩了，所以多吃“菜头”有“彩头”。据说王汝刚先生每逢有演出，早上必吃一大碗塌棵菜炒年糕，真的假的，无从稽考。

发菜即“发财”，大家都知道。现在讲环保了，发菜想买也买不大到了。

还有一只菜叫“金玉满堂”，其实就是松仁玉米。金就是珍珠米（玉米），玉就是松仁。也可以放青豆，当它翡翠，翡翠也是玉。

本地人据说还要有一盘“十样锦”，据说里面什么蔬菜都可放入。芹菜么喻勤劳，香葱么喻聪明，韭菜么喻长久。唯一不能缺少的是荠菜，荠菜喻“齐全”，有了荠菜，“十样锦”才“十全十美”。

老早沪上年夜饭，最闹猛是一只砂锅或暖锅，里面的食材几乎样样有名堂，样样有讲头。

细粉铺底，寓意“长寿”；当中一只小白蹄，又叫“大转弯”（北方称肘子），像只“招财手”。如果旁边再摆一只咸脚爪（咸猪手），更加像“招财手”了。啥人第一筷搛下去，叫做“捞财”。蹄髈上面，一定要摆两只很大的黑木耳，刚刚讲过，象征梁山伯祝英台。蛋饺是金元宝无疑。大白菜（也叫黄芽菜）寓意“百财”；如果摆板栗，是金锞，摆芋艿，是银锞。反正一百样侪有名堂。

再来讲点心。

上海人过年的点心无非是炒年糕、汤团、春卷、馄饨、八宝饭。

一般情况下，炒年糕可以上年夜饭桌，当然也可以初一当早饭。八宝饭亦如是。汤团是宁波人初一早上必吃，春卷也是早点。

馄饨一般是年三十守夜时下来吃的。老早年夜饭吃得早，三四点钟开始祭祖，五六点钟已经吃得差不多了。又没电视看，嗑嗑瓜子，吹吹牛皮，守到10点敲过，肚皮是真的有点饿了，便下碗馄饨来吃。

年糕寓意“年年高”，八宝饭寓意“聚宝盆”，汤团寓意“团团圆圆”“圆圆满满”，春卷是金条，馄饨是银元宝，俗不俗？

哦，还有红枣莲心粥。红枣负责“甜蜜”，莲心负责“心心相连”。

还有果馔。

上海人家过年的果篮里，最常见的是苹果和橘子，金橘也有。苹果寓意“平安”，橘子寓意“吉祥”。

有口彩，必然也有禁忌。

比如，鱼虽然可吃，却不要翻身。江南多船家，鱼翻身寓意翻船，很不吉利。年三十也不食鱼头鱼尾，否则一年到头，没法“有头有尾”了。

再比如，不能用冷开水淘饭吃。宁波有谚：“热饭冷水淘，爹是郎中医不好。”

小孩子比较难办，他很有可能一“闯穷祸”，就犯了禁忌。

一个是手脚没轻重，小孩容易打碎碗碟。此时，大人不能责骂，责骂破坏气氛，只好念一句“岁岁（碎碎）平安”了事。

一个是调皮，这么好的菜，小孩依然不肯好好吃饭。年三十大人在喂饭时，千万不能说“最后一口”。“最后一口”，家里老人听了作何感想？

一个是口没遮拦，小孩突然说出不吉利的话来。大人也不能责骂。新年不骂人。据说应对之道是去拿一块红布，甚至一张草纸来抹孩子的嘴。这个动作是要告诉旁人，草纸是揩屁股的，刚才的不吉之语，权当他是在放屁吧。

至于红布，当然是压邪的。

“讨口彩”，不过是人们利用谐音赋予寓意，来寄托自己对过年的良好愿望。信则有，不信则无。你也可以说“无非骗骗自己”，心理暗示，心里安慰而已。

比较实用的是，过年请客，餐桌上大家不熟悉，无话可谈，讨口彩则可以活跃气氛，省得老是刷屏，善莫大焉。

上海人的『腔』与『调』

扫一扫，有声色

上海言话讲法，做人上品，叫做“有腔调”；做人不上品，叫做“像啥腔调”。

不过，腔调腔调，腔归腔，调归调。腔是风度，调是规矩。

现在全国人民终于体会到了，上海滩是最讲现代社会文明规矩的地方，其实，一百年来，阿拉老早习惯了。

光有规矩还不来赛，还要有风度。只有规矩，没有风度，板板六十四，老是一只死人面孔，再痴心的女人还看侬不上眼，再欢喜侬的亲生子女也会敬而远之。

也是巧了。

昨日夜里齐巧睏弗着，焐在被头筒里想心事。一样睏弗着，干脆想想看，上海言话里，到底有多少腔多少调。

有道是“九腔十八调”，本该腔少调多的，没想到，上海言话里，有很多带“腔”的俚语，却没有几个带“调”的。

也许上海人觉着，规矩就是规矩，懂了就好，多说何益；而风度方面，则是要时时“校路子”的，亦未可知。

不去管伊，先罗列出来看看。

贼头狗脑，不光明正大的叫“贼腔”；

搭足架子，不理不睬的叫“死腔”；

没有正形，挤眉弄眼的叫“怪腔”；

蒙头转向，一百样侪弗晓得的叫“戆腔”。

需要说明的是，这四种最常用的“腔”既是骂人言话，也是亲人密友间的昵称。

尤其是“侬只死腔”，就好像上海本地言话里的“侬只棺材”一样，绝对是“我的甜心（my honey）”之同义词，粗则粗矣，心里厢还是吃煞侬爱煞侬的。

娘娘腔，似乎不需要注释。

其实全国人民还是有所不知的。

老早在上海街头江湖里，问侬一桩侬肯定晓得的事体，问侬讨一样侬肯定有的物事，只要侬有半点迟疑，立刻会飞来一句：

“哪能介娘娘腔嘸啦！”

坐在店里吃副大饼油条也要手拍台面，拿台子缝道里的芝麻拍出来舔掉的，叫做“瘪三腔”；

一日到夜一只面孔苦嗒嗒，逢人诉苦不断，像祥林嫂的叫做“寡妇腔”；

不看场合，故意发嗲卖萌的叫“小小人腔”；

走路鲎背，左摇右晃，开出口来，每句言话侪带着爷娘的，叫做“流氓腔”。比“流氓腔”程度略轻的是油腔滑调的“油腔”。

还有一种“腔”，似乎也不得不提。撇开褒贬，无论如何它确实流行过，那就是“**苏北腔**”，或者叫“**江北腔**”。它几乎泛指一切不恰当的举止。

大家熟悉的我这里就不赘述了。讲两个我儿时印象极其深刻的关于吃相的例子。

一是绝对不能蹲着吃东西！人家还以为你进出口贸易一条龙呢。后来，走过一些地方，发现不光苏北人，多数省份民众都染有此习。

另一个是，千万不能把淡馒头或大饼掰碎了蘸汤吃或泡汤吃，若被大人看见了，绝对要被骂一声“苏北腔”的。很多苏北家长也这样骂。后来才知道，羊肉泡馍还是一道西北名点呢。

其实，在上海言话里，“兮兮”也是一种尚未成形的“腔”。而“腔”则是一种尚未成形的身份。

说你“流氓腔”，是警示你，再这样下去就会变成如假包换的真流氓。“死腔”也相当于“侬想寻死啊”。

同理，“**十三点兮兮**”“**神经病兮兮**”，说的是，你再这样下去，就是“**十三点腔**”“**神经病腔**”了。

说了那么多的“腔”，再来说“调”。

昨日夜里我真的穷想八想，能称作上海俚语的，竟然只想出了两个：一个是“**弗入调**”，一个是“**胡调**”。

入调不入调，恐怕最早是来自音乐的吧。

通俗地讲，唱歌跑调，就是“弗入调”。如此说来，当下的KTV里，天天都有很多人是“弗入调”的。

我看到过一份资料，上面说，人类中本来就有40％是天生跑调者；还说，跑调者是因为自己的听觉出了问题，他根本没听出自己跑调，他才敢无畏地放任自己：“奔跑吧，兄弟！”

在平常生活中，不讲规矩就是“弗入调”。

随地大小便，地铁上吃物事，肯定属于“弗入调”。

朋友聚会，请吃饭、请喝酒、请抽烟皆无妨，请“溜冰”就有点“弗入调”了。

现在男男女女侪蛮豪放，搭搭摸摸、搂搂抱抱、啃啃咬咬皆不在话下，不过于大庭广众忒恶形恶状，看上去还是有点“弗入调”。

受人之托，忠人之事。满口好好好，最后一场无结果，更是“弗入调”。

“胡调”的“胡”，怕是老早对塞外异族的概称吧？若如此，那“胡调”就等于不是我们的调调。到什么山，唱什么歌，入什么乡，随什么俗。俗，就是风气，就是规矩，就是调调。

有些人，身居异乡一二十年，心里依然不服当地那个调调，弄弄不入调，弄弄要胡调，别说旁人看不过去，自己心里也肯定不舒坦。

好好叫的日脚过得像天天在白区“潜伏”且“解放”无日，不疯也傻。

不知各位看出来了没有，上海俚语中的“腔”与“调”几乎都是贬义词。

这当然不是巧合。这与上海人的思维方式有关。

上海有句老话，叫做“规矩是做出来的”。做规矩，就是要告诉侬啥嗰不好做。不做不对嗰，做人就对了。

现在突然流行“正面”教育了，网上铺天盖地的都是教你怎么做人的“心灵鸡汤”。我是不屑的。

有谁要把鸡汤当真，我一定会告诉伊：“侬阿有眼十三点兮兮。”

新编沪语山歌：叫侬一声『阿六头』

扫一扫，有声色

头头是道，作为成语，本来自佛家，意为一旦开悟，一言一语，一举一动，无不暗合道妙。后来被引申为说话很有条理的意思。

而我说的“头头是道的上海言话”，是说上海言话里有太多以“头”字结尾的词，以至于，无“头”不成言。

找了很多这样的词。就如此这般地罗列出来，哪怕分门别类，还是觉得味道缺缺。

干脆，一不做二不休，把这些以“头”字结尾的词都编到一个段子里去。编完一数，竟有64个之多。

遂取名《叫侬一声阿六头》，为录出。

叫侬一声阿六头，
何必对我掼浪头。
晓得侬从小跑码头，
会轧苗头识人头。
摆摊头，搬砖头，
绕山头，抓粒头，（绕山头，忽悠）
三斧头（咾）有蹿头，
生意做得起蓬头。

本来有点额骨头，
侬当自家亨榔头。

有了苗头出风头，
翻行头，掼派头，
乘差头，游码头，
日里睏扁头，
夜里砌墙头。

掇了甜头侬转念头，（掇，音嗒）
拆骨头侬要吒轻头。
老酒吃到开听头，（开听头，即开架橱门）
再开车子相鼻头。
卡拉OK过瘾头，（瘾，音拟）
半夜唱到出日头。
最弗像样轧姘头，
人人背后嚼舌头。

侬掉枪头，转风头，
硬装榫头戤牌头，
借仔因头挂名头，
开始起花头，
开始摆噱头，
谈斤头（咾）讨虚头，
吊鲜头（咾）加浇头，
常庄卖卖野人头。

学会发条头，
学会耍滑头，
不肯放马头，
不肯找零头，
小滑头还要买拳头。
只想叫抽头，（抽头，即回扣）
只想拆份头，（份头，即分红）
人人侪当洋葱头，
自家人也要斩冲头。

为别苗头脱枪头，
弄到最后垫刀头。
再想避风头，
已经跌跟头。
再弗收骨头，
侬有得触霉头。
再弗贼进魂灵头，
当心敲忒饭碗头。

不要以为上海言话里的末尾带“头”字的俗语就这样被我用尽了，还有很多！

请看：

摊被头　看云头　捉板头　吃轧头　吃排头
扳叉头　拉山头　轧扁头　刮鼻头　焐被头
光榔头　小老头　老老头　爷老头　二婚头
呆木头　老实头　书蠹头　药罐头　芋艿头
轻骨头　懒骨头　贼骨头　贱骨头　大舌头
瘌痢头　乌龟头　死对头　老瘾头　好户头
好笔头　懒笔头　懒脚头　被横头　床横头
毒日头　阴凉头　吭搅头　吭话头　吭搭头
一哄头　一记头　一口头　一榔头　一脚头
一家头　三吓头　大块头　有缠头　倒蓬头
陌生头　睏梦头　早发头　硬出头

还有二字诀：

肉头　药头　奔头　套头　兴头　来头
抬头　多头　寿头　盼头　望头　嫩头
搭头　拖头　艮头　香头　垃头　推头

图书在版编目（CIP）数据

上海有声色/畸笔叟著. —上海：上海文化出版社，2018.7

ISBN 978－7－5535－1274－7

Ⅰ. ①上… Ⅱ. ①畸… Ⅲ. ①随笔—作品集—中国—当代 Ⅳ. ①I267.1

中国版本图书馆 CIP 数据核字（2018）第 141572 号

出 版 人：姜逸青
责任编辑：黄慧鸣
装帧设计：王 伟

书　　名：上海有声色
作　　者：畸笔叟
出　　版：上海世纪出版集团　上海文化出版社
地　　址：上海市绍兴路 7 号　200020
发　　行：上海文艺出版社发行中心
　　　　　上海市绍兴路 50 号　200020　www.ewen.co
印　　刷：上海叶大印务发展有限公司
开　　本：889×1194　1/32
印　　张：6.625
版　　次：2018 年 8 月第一版　2018 年 8 月第一次印刷
国际书号：ISBN 978－7－5535－1274－7/I·474
定　　价：30.00 元
告 读 者：如发现本书有质量问题请与印刷厂质量科联系
T：021－66019858